Le trésor de Versailles

Pour Sacha. En souvenir d'une jolie promenade à Versailles.
C.F.

Ouvrage dirigé par Florence Pierron-Boursot
Texte de Caroline Fait
Illustrations de Ramona Bruno
Mise en pages : Laetitia Kalafat

34-36, rue La Pérouse, 75116 Paris
www.hugopublishing.fr

ISBN : 9782755671452
Imprimé en France par Sepec Numérique
Dépôt légal : mai 2024

Dans la même collection :
Le Mystère des médailles disparues
Le Talisman du champion
Deux Adversaires pour une finale

PEFC 10-31-3532 IMPRIM'VERT®

INTRIGUES AUX JEUX PARALYMPIQUES

Le trésor de Versailles

Texte de Caroline Fait
Illustrations de Ramona Bruno

PARIS 2024

Hugo Jeunesse

PROLOGUE

LE CONCOURS

Ça y est. Les Jeux Olympiques et Paralympiques de Paris 2024 ont commencé.

Les plus grands sportifs du monde y sont. Et avec eux les cinq veinards qui ont remporté le concours que tous les enfants de France voulaient gagner.

Comment ça, vous n'avez pas participé au concours ?

C'est sans doute parce que vous êtes trop petit ou trop grand ? Car le règlement précisait qu'il fallait être âgé de 9 à 12 ans à la date de l'ouverture des Jeux Olympiques et Paralympiques de Paris 2024 pour pouvoir participer.

Non ? Vous avez bien entre 9 et 12 ans, mais vous n'en aviez pas entendu parler ? Alors c'est que vous étiez en expédition quelque part au fin fond du bout du monde, dans un endroit où on ne capte pas, ou sur la Lune. Quel dommage !

On vous explique quand même…

Tout a débuté il y a quelques mois lorsque *Bingo ! (le magazine des 9-12 ans)* a lancé son grand concours : « Tu adores le sport ? Écris un article sur ton sport favori et deviens reporter aux Jeux Olympiques et Paralympiques de Paris 2024 ! » Les cinq enfants ayant écrit les meilleurs articles seront invités aux Jeux Olympiques à Paris : logement au village olympique, pass VIP pour l'ensemble des épreuves, rencontres avec les athlètes, visite de la capitale… Leur mission : composer un numéro spécial Jeux Olympiques et Paralympiques de Paris 2024.

Aussitôt, toutes les cours de récré de France n'ont plus parlé que de ça :

— T'as trouvé ton sujet ?

— T'as écrit ton article ?

se sont mis à se demander les écoliers en guise de bonjour le matin.

Il faut dire que ce n'est pas si facile de trouver un super-sujet et d'écrire un article meilleur que celui de tous les autres. Cela demande de la confiance en soi, d'évidentes capacités de rédaction, probablement aussi une orthographe pas trop défaillante, une bonne dose de persévérance et d'autres innombrables qualités.

Les plus audacieux, les plus courageux, les plus motivés sont allés jusqu'au bout…

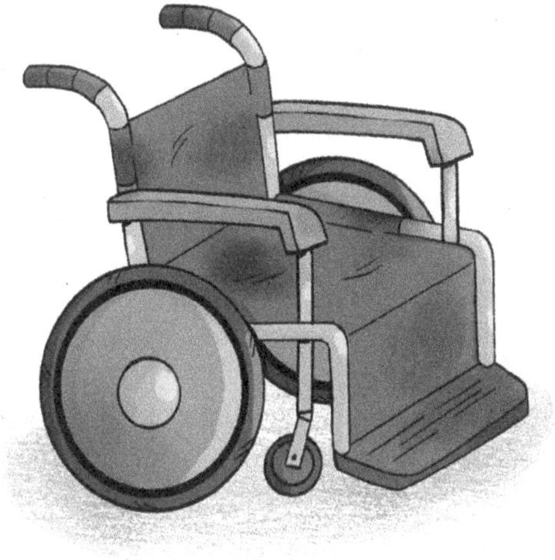

CHAPITRE 1

RETOUR AU VILLAGE OLYMPIQUE

Au village olympique, la chambre dans laquelle Vadim, Aya, Marin, Zoé et Anis, les gagnants du concours *Bingo ! (le magazine des 9-12 ans)*, ont vécu tant de choses incroyables, est vide depuis déjà deux semaines.

À l'issue de la cérémonie de clôture des Jeux Olympiques, les cinq enfants se sont quittés et ils sont repartis dans leurs familles.

Même s'ils étaient heureux de retrouver leurs parents, leurs frères et sœurs, la séparation n'a pas été facile. Il faut les comprendre : ces Jeux Olympiques ont été si riches en aventures et en émotions qu'ils forment désormais une bande d'amis inséparables. Aussi inséparables que les cinq doigts de la main ou… les cinq anneaux olympiques !

Pensez donc ! Ils ont mené l'enquête sur le vol des médailles des Jeux Olympiques, ont recherché dans tout Paris le porte-bonheur du plus grand champion de judo de tous les temps et ont tenté de résoudre la mystérieuse disparition de deux jeunes championnes de beach-volley[1].

Et puis, le cœur battant, ils ont assisté à des exploits sportifs extraordinaires. Ils ont rencontré des athlètes dont le but dans la vie est de se dépasser chaque jour, à chaque instant, et d'aller toujours « plus vite, plus haut, plus fort ». Ils ont vu des hommes et des femmes venus des quatre coins du monde pour célébrer ensemble cette grande fête des Jeux Olympiques.

La petite chambre est vide. Mais plus pour longtemps ! Car la porte s'entrouvre, une voix joyeuse

1 Voir les précédents tomes d'« Intrigues aux Jeux Olympiques » : *Le Mystère des médailles disparues, Le Talisman du champion, Deux Adversaires pour une finale.*

résonne — « Hello, les copains ! » –, et Aya, 10 ans, paraît, suivie de près par ses parents et sa sœur.

— Ben, ils sont où ? murmure-t-elle, désappointée.

Dans la chambre déserte, les draps blancs sur les lits sont impeccablement tirés. Pas un objet ne traîne, pas même un grain de poussière. Le soleil entre à flots par les fenêtres, éclatantes de propreté.

Et s'ils s'étaient cachés dans la salle de bains pour lui faire une blague ? Ce serait bien leur genre ! Elle déplace son fauteuil avec agilité et va voir dans la salle de bains. Ils ne sont pas là non plus.

— On avait pourtant dit 14 h…

Djenebou, sa sœur, éclate de rire.

— Et il n'est que… 13 h 10 ! lui explique celle-ci en regardant sa montre. Tu étais si impatiente d'arriver que tu as plus de trois quarts d'heure d'avance !

Aujourd'hui est le premier jour des Jeux Paralympiques. Les grandes vacances touchent à leur fin. Dans quelques jours, les enfants de France reprendront le chemin de l'école, mais Vadim, Aya, Marin, Zoé et Anis non. Ils seront un peu en retard cette année, le temps, après ces deux semaines de pause, d'assister aux Jeux Paralympiques comme ils ont déjà assisté aux Jeux Olympiques, d'écrire encore quelques articles pour le numéro spécial Paris 2024 de *Bingo! (le magazine des 9-12 ans)* et, qui sait?, peut-être de résoudre une nouvelle enquête…

Aidée de Djenebou et de ses parents, Aya déballe ses affaires en faisant virevolter son fauteuil de son lit au placard. Cela fait longtemps que sa famille ne l'a pas vue aussi gaie. Depuis l'accident de voiture, il y a un an, à vrai dire. Ce fichu accident qui fait qu'elle ne marchera plus jamais et qu'elle ne nagera plus jamais non plus, elle qui aimait tant cela. Quand les Jeux ont débuté, elle n'avait pas ri à gorge déployée depuis un an, elle était sans cesse en colère, sur la défensive. Et puis, ses nouveaux amis sont arrivés. Ils l'ont vue, elle, pas son fauteuil. Ils ont vu ses forces, son courage, sa détermination, son cœur immense. Et depuis elle sourit tout le temps. Elle ne peut pas s'en empêcher. En la regardant, Djenebou et ses parents sourient eux aussi.

Aya n'était apparemment pas la seule à avoir hâte de retrouver ses amis.

La porte s'ouvre déjà.

—Vadim ! Zoé ! crie Aya.

—Aya ! crient les nouveaux arrivants.

Ils se jettent dans les bras les uns des autres. Ils parlent tous à la fois. « Comme vous m'avez manqué ! » « C'était trop long, ces vacances sans vous ! » « Je suis tellement content ! »

—On te laisse, mon poussin, murmure la maman d'Aya.

—Au revoir, ma chérie, dit son papa.

—À bientôt, petite sœur, dit Djenebou.

—Tu sais que tu nous appelles quand tu veux ?

—Oui, oui, elle sait, dit le papa d'Aya. Dis à ta maman que tu le sais, Aya, ça la rassurera.

Un baiser sur la joue d'Aya et ils repartent. La porte à peine close, la maman d'Aya essuie discrètement une larme. Son mari met son bras autour de ses épaules.

—Allez, maman, tout va bien se passer.

Et ils rentrent chez eux.

—Tu as vu ton père pendant les vacances ? demande Zoé, l'air innocent, à Vadim.

—Ils te croient toujours en Grèce, tes parents ? demande Aya, taquine.

Au début, les copains de Vadim ne savaient pas qui est son père. Ils l'ont découvert en cours de route. Zoé lui en a un peu voulu de ne pas le leur avoir dit, parce que le père de Vadim, c'est son idole absolue et son plus grand rêve serait de le rencontrer...

Vadim, 11 ans, est le fils du plus célèbre journaliste sportif de France, Maxime Hervet, le présentateur de *Match*. Quand il a envoyé son article pour le concours *Bingo !,* il a menti sur son nom de famille : il ne voulait pas qu'on croie que son père l'avait écrit à sa place. Et puis, il voulait réussir le concours et vivre cette aventure des Jeux Olympiques seul, sans que son père s'en mêle, sans qu'il l'aide pour son article, sans qu'il passe des coups de fil pour qu'on le favorise, alors il n'en a pas parlé à ses parents. Pendant toute la durée des Jeux Olympiques, il leur a dit qu'il était en Grèce dans la maison de vacances de son meilleur ami ! Comme ses parents sont très occupés par leurs boulots respectifs et qu'ils évitent de se parler depuis leur divorce, curieusement, ça a marché...

— Malheureusement, je n'ai pas pu voir mon père. Il avait trop de travail... Mais ce n'est pas grave. J'ai l'habitude ! répond Vadim d'un air bravache. Cette fois, ils ne me croient pas en Grèce. C'est bientôt la rentrée des classes. Ils ne l'auraient jamais accepté. J'ai dit à ma mère que j'allais chez mon père et à mon père que j'allais chez ma mère. J'espère qu'ils ne se rendront compte de rien.

Aya ne peut pas s'empêcher de penser qu'elle préfère ses parents à ceux de Vadim. Qu'est-ce que c'est que ces parents qui n'ont aucune idée de l'endroit où se trouve leur fils ?

— Ça vous dit de lire tous les articles qu'on a écrits ? demande Vadim en sortant de sa valise une grosse liasse de feuilles.

Ce sont les articles pour le numéro spécial Jeux Olympiques qu'ils lui ont envoyés les quinze derniers jours et qu'il a rassemblés avant de les envoyer à *Bingo !*.

— Oh oui !

Les deux petites filles commencent à lire, tête contre tête. On n'entend plus que le froissement des feuilles de papier, interrompu de temps en temps par un gloussement, ou un commentaire, ou les deux.

— Zoé, tes interviews sont extras ! dit Aya en riant à l'une des questions loufoques qu'elle vient de lire.

— Oh, Vadim m'a beaucoup aidée. Il a corrigé toutes mes fautes d'orthographe, répond Zoé.

— Ne sois pas modeste, lui rétorque Aya. L'orthographe ne fait pas tout. Quand on te lit, on a l'impression qu'on est en train de rencontrer les sportifs que tu interviewes, qu'on bavarde et qu'on rigole avec eux. Un peu comme quand on est dans un camping et qu'on discute à l'heure de l'apéro avec les voisins d'à côté. Et à la fin des deux semaines, on sait tout des uns des autres et on est copains.

Zoé rougit. Le compliment lui fait plaisir. La vérité, c'est que ce ne sont pas vraiment ses premières interviews. Le dimanche, avec son père, super-fans de sport tous les deux, ils ont un rituel. Ils s'installent confortablement sur le canapé et ils regardent *Match*. Tandis que les sportifs sont interviewés par les journalistes à l'écran, Zoé fait ses propres interviews et elle leur pose les questions qu'elle rêverait de leur voir poser. Et son père fait les réponses que feraient les sportifs si seulement ils entendaient ces questions pertinentes, indiscrètes, impertinentes, rigolotes... Non, ce n'est pas la première fois qu'elle pratique l'interview. Elle en a déjà fait des centaines !

— La seule chose que je trouve franchement dommage, c'est qu'on n'entende pas ton accent en lisant les articles... la taquine Vadim.

— Et qu'on ne voie pas tes nattes s'agiter ! renchérit Aya en rigolant.

Il faut dire que Zoé a un accent du Gers (la région où elle vit, dans le Sud-Ouest) à couper au couteau et deux nattes blondes qui zèbrent l'air autour d'elle quand elle parle, et Vadim et Aya n'ont pas tort : c'est dommage de ne pas l'entendre ni de les voir à l'écrit.

Zoé tourne la page et passe à l'article suivant. Il s'intitule « Jusqu'au bout ! ».

— Trop drôle ! s'exclame Aya après avoir lu les premières lignes. Il raconte l'histoire d'un coureur qui est arrivé dernier lors des demi-finales du 400 m aux Jeux Olympiques de Barcelone en 1992. Marin nous avait prévenus qu'il allait écrire des articles sur les perdants des Jeux Olympiques, mais je n'y croyais pas.

—J'aurais aimé écrire cet article, c'est une très belle histoire, dit Vadim.

Quelques secondes plus tard, une grosse larme tombe sur la feuille de papier.

C'est le début de l'averse. Zoé et Aya se mettent à pleurer comme des Madeleine. Les larmes coulent de leurs yeux sans plus s'arrêter. Elles pleurent en même temps que l'athlète de l'article de Marin, Derek Redmond, qui était si bien parti dans sa course, mais qui s'est retrouvé fauché par un claquage à la cuisse au milieu de l'épreuve. Elles l'accompagnent en pensée tandis qu'il saute à cloche-pied jusqu'à la ligne d'arrivée, soutenu par son père.

La porte s'ouvre en grand et la voix de Marin retentit :

—Mesdames et Messieurs, sous vos yeux ébahis, le seul, le grand, l'unique Aniiiiis !

Un feu follet, short en jean, sweat gris, casquette turquoise et longues chaussettes rose fluo, surgit, perché sur un skateboard. Arrivé au centre de la pièce, il effectue un magnifique ollie (il s'envole littéralement !), puis il s'immobilise, fait sauter son skateboard dans sa main et salue avec force courbettes sous les bravos du public. C'est ce qu'on appelle une entrée fracassante !

Quand les applaudissements se calment, Anis se tourne vers la porte, tend les bras et annonce d'une voix tonitruante, comme le fait Monsieur Loyal au cirque pour accueillir le numéro suivant :

— Mesdames et Messieurs, sous vos yeux ébahis, le seul, le grand, l'unique Marinnnnn !

Marin, 10 ans, surgit dans l'encadrement de la porte. Petit, maigrichon, palot et l'air sérieux avec son polo rayé, son bermuda bleu marine et ses lunettes rondes, il est égal à lui-même ! Mais cette fois il a un accessoire : une pancarte qu'il brandit crânement : « NO SPORT ! »

— Ça veut dire quoi « No sport ! », demande Zoé.

— Il y a très longtemps, il y avait un célèbre homme politique anglais qui s'appelait Churchill. Il dirigeait l'Angleterre pendant la Seconde Guerre mondiale et on lui doit en grande partie d'avoir remporté la guerre. Il était gros, il buvait beaucoup de whisky, il fumait d'énormes cigares. On raconte qu'un jour, quand on lui a demandé le secret de sa longue vie, il a répondu : « No sport ! », « Pas de sport ! » Maintenant que vous êtes au courant que je ne suis pas le plus sportif d'entre nous, je me suis dit que c'était un chouette slogan. Et j'assume !

Au beau milieu des Jeux, ils ont découvert que Marin n'était pas celui qu'ils croyaient. Il n'a jamais pratiqué l'athlé ni aucun autre sport d'ailleurs. Pour la bonne raison qu'il est nul, nullissime, archi-nullissime en sport. Ce n'est pas juste qu'il n'aime pas le sport, il déteste ça ! Son article sur l'athlétisme et les Jeux Olympiques de Mexico en 1968 ? C'est son grand-père qui l'a écrit. En 1968, celui-ci aurait dû être aux Jeux Olympiques de Mexico dans l'équipe de France d'athlé, mais il s'était blessé la veille du départ. Cette fois, il était fermement décidé à assister aux Jeux Olympiques de Paris, mais on vient de l'opérer et il est coincé à l'hôpital, alors il a tout manigancé pour que son petit-fils y aille à sa place.

—On te convertira, Marin, tu sais, lui dit Vadim. Tu te donnes des airs de ne pas aimer le sport, mais je sais que tu commences à en voir la beauté. La preuve : ton article sur le champion du 400 m.

—Une question, lui demande Aya, tu l'as bien écrit seul cette fois-ci ?

—Tout à fait.

—Il était magnifique, dit simplement Aya.

Le visage de Marin s'illumine sous le compliment.

—Et moi, vous ne me félicitez pas pour mes articles ? demande Anis.

—Ben, tu ne voulais pas en écrire ! s'exclame Zoé. T'as dit que tu n'avais pas le temps, que tu allais devoir t'entraîner tous les jours pour rattraper le temps perdu.

Du haut de ses 9 ans, Anis rêve de devenir le plus jeune champion olympique de l'Histoire et il ne lui reste pas beaucoup de temps pour cela : jusqu'aux prochains Jeux Olympiques à vrai dire. C'est pour ça qu'il ne se sépare jamais de son skateboard. Rouler est aussi naturel pour lui que de marcher pour les autres…

— T'en as écrit ? On n'y est pas encore arrivés, on n'a pas fini de lire, explique Aya.

— Vous croyez quoi ? Que je ne suis qu'un lâcheur ? Je n'allais pas vous laisser vous tuer à la tâche sans moi ! Il fallait bien que je participe à l'écriture du numéro spécial moi aussi. C'est une idée de Vadim. Il m'a proposé de faire des quiz. J'ai trouvé ça rigolo.

— C'est super-cool que t'aies participé ! dit Aya.

— Il ne nous manque plus que les derniers articles sur les Jeux Paralympiques, dit Vadim et on aura terminé notre magazine !

— Il va être top ! se réjouit Zoé.

— Croyez-vous que les Jeux Paralympiques vont nous réserver autant d'aventures que les Jeux Olympiques ? murmure Marin, avec une pointe d'espoir, mais en même temps sans trop y croire.

À ce moment, on frappe à la porte. Vadim ouvre. C'est un coursier, casque de moto sur la tête, qui leur remet une enveloppe, puis s'en va aussi vite qu'il est venu après un bref au revoir.

Vadim tourne et retourne la belle enveloppe crème. Leurs cinq noms y sont calligraphiés à l'encre d'une splendide écriture. Qu'est-ce que cela peut être ?

— Ouvre ! s'impatiente Zoé.

Comme il est trop lent à son goût, elle lui arrache l'enveloppe des mains et la déchire d'un coup sec. Elle lit à voix haute :

Pour fêter le début des Jeux Paralympiques,
vous êtes cordialement invités
au château de Versailles
demain soir à partir de 19 h
pour un dîner aux chandelles
dans la galerie des Glaces.

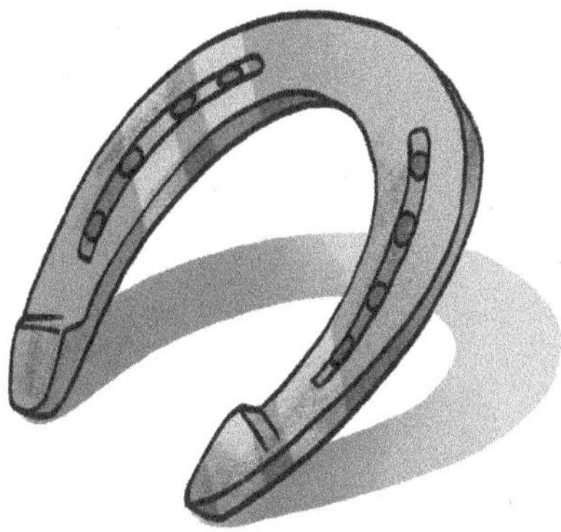

CHAPITRE 2

ROSSIGNOL

— Je ne comprends pas pourquoi on part si tôt... dit Aya pas contente, dans la voiture qui les emmène à Versailles.

L'après-midi est à peine entamée qu'ils sont déjà pomponnés pour le dîner. Vadim s'est aspergé de parfum. Marin a lissé ses cheveux sur le côté. Zoé a refait ses tresses. Anis a mis ses plus belles chaussettes multicolores et a emporté son cher skateboard (évidemment !). Même Aya, qui ne fait pas très attention à ses vêtements d'habitude, a enfilé une jolie robe blanche.

—On a cent fois le temps ! continue à ronchonner la petite fille. Le dîner est à 19 h. Et je voulais regarder la fin des épreuves de tir à l'arc…

Mystérieux, Vadim répond :

—On a un rendez-vous !

—Ah ! Avec qui ? demande Zoé.

—Je ne te le dirai pas, c'est une surprise.

—S'il te plaît, dis-le moi, essaie de l'attendrir Zoé d'une voix câline.

—Non !

—Et si on jouait aux devinettes ? propose Marin.

—D'accord, répond Vadim.

—C'est une championne ? demande Aya.

—Non.

—Un champion alors ? demande Marin.

—Mmm, marmonne Vadim en guise d'assentiment.

—Tu crois que je pourrai l'interviewer ? demande Zoé qui, depuis qu'elle a fait ses premières « vraies » interviews, ne rêve que de recommencer.

—Oui, tu pourras essayer, mais il a la réputation de ne pas être très causant, répond Vadim en souriant mystérieusement.

—Il parle français ? persiste Zoé.

—Je ne pense pas qu'il parle français, je suis même tout à fait sûr du contraire, répond Vadim, l'air de beaucoup s'amuser.

—Anglais ?

—Non plus. Mais il a une interprète. Peut-être pourra-t-elle traduire...

—De quelle nationalité est-il ?

—Il est autrichien.

—Quel âge a-t-il ?

—11 ans.

—Tu dis n'importe quoi ! rétorque Anis. Il n'y a aucun athlète de cet âge ! Je le saurais !

—Et pourtant, c'est vrai, mon petit Anis, dit Vadim qui n'arrive pas à se retenir de rire.

Zoé, Aya, Anis et Marin essaient de deviner le sport que peut pratiquer ce mystérieux champion. Ils les citent tous les uns après les autres : « Tir à l'arc ? » « Athlé ? » « Natation ? » « Tennis de table ? » « Foot ? » « Cyclisme ? » « Basket ? » « Volley ? »...

La réponse de Vadim est toujours la même : « non », « non », encore « non », toujours « non », jusqu'à ce qu'Anis demande :

—Équitation ?

— Enfin ! J'ai cru que vous ne trouveriez jamais, dit Vadim.

— Je crois que j'ai compris… murmure Marin avant de lancer à Vadim avec un clin d'œil : homme ou femme ?

— Il a déjà répondu à cette question ! l'interrompt Aya.

— Non. Il n'a pas répondu à cette question-ci précisément. Il a dit que ce n'était pas une championne, mais un champion. Et après, Anis a fait remarquer qu'il n'y avait aucun champion de 11 ans. Et donc ? Et donc… Cela veut dire que…

Les autres le regardent, muets comme des carpes, sans comprendre où il veut en venir.

— Je crois que nous avons rendez-vous avec un cheval, poursuit Marin. C'est ça, Vadim, n'est-ce pas ?

— Tout à fait ! La rédactrice en chef de *Bingo !* nous a organisé un rendez-vous avec Rossignol d'Adhémar. D'ailleurs, je le vois d'ici !

Ils étaient si occupés à essayer de résoudre la devinette qu'ils ne se sont pas rendu compte qu'ils étaient déjà arrivés à Versailles. Devant eux, au bout de la route bordée d'arbres, un magnifique cheval les attend devant une grille. Sa robe noire luit au soleil, sa crinière est tressée, ses sabots brillent. Il est monté par une jeune femme blonde qui les salue chaleureusement lorsqu'ils descendent de voiture.

— Bonjour ! Moi, c'est Anneliese ! dit-elle en les saluant du haut de sa monture. Et voici Rossignol.

Le cheval hennit, tape du pied deux fois et redresse fièrement la tête, l'air vexé. Il n'est visiblement pas d'accord avec quelque chose, mais quoi ?

— Pardon, se reprend Anneliese. Rossignol d'Adhémar. Il est très fier et n'aime pas qu'on ne l'appelle pas par son nom complet, explique-t-elle. C'est ça, hein, mon gros ? dit-elle en lui flattant l'encolure.

Le cheval semble hésiter sur l'attitude à adopter, puis il montre ses dents en ouvrant la bouche exactement comme s'il rigolait, comme s'il disait : « Je reconnais que je l'ai mérité ! La blague était bonne ! »

Zoé se présente à Rossignol en faisant une courbette : « Bonjour, Monsieur Rossignol. Je m'appelle Zoé. » Vadim, Marin et Anis l'imitent. Rossignol baisse la tête d'un air poli, mais légèrement hautain, tel un roi qui recevrait les hommages mérités de ses sujets.

Dans son fauteuil, Aya est la seule qui reste à bonne distance. Rossignol est tellement grand ! Il lui fait un peu peur. Rossignol la regarde de loin lui aussi.

En compagnie de Rossignol et d'Anneliese, le temps file à toute allure ! Ils font visiter aux enfants le site des épreuves de para-dressage qui est situé face… au château de Versailles !

Depuis le début de leurs aventures, en allant d'un site olympique à l'autre, les enfants ont vu certains des plus beaux lieux de Paris qui ont été choisis pour servir de cadre aux Jeux Olympiques et Paralympiques : la Seine pour la cérémonie d'ouverture, la place de la Concorde pour les épreuves de skateboard, le Champ-de-Mars au pied de la tour Eiffel pour les épreuves de judo et de volleyball de plage, le Grand Palais pour l'escrime, et bien d'autres ! Ils découvrent un nouveau site qu'ils ne connaissaient pas encore. Versailles, qui a déjà accueilli les épreuves d'équitation des Jeux Olympiques, et où sont passés les marathoniens, accueille maintenant les épreuves d'équitation des Jeux Paralympiques. Il faut dire que le château de Versailles est peut-être, avec la tour Eiffel, le monument français le plus connu dans le monde…

La carrière, bordée des gradins pour les spectateurs, est située pile dans l'axe du grand canal et des jardins qui va jusqu'au château que l'on voit au loin. C'est sublime !

Dans un français teinté d'une minuscule pointe d'accent, Anneliese leur explique sa discipline, le dressage, et leur fait une démonstration. Anis, Marin, Vadim et Zoé sont passionnés et rivalisent de questions.

Mais Aya, elle, n'écoute qu'à peine. Elle est émerveillée par l'harmonie qui existe entre Anneliese et Rossignol. Ils semblent ne former qu'un seul corps.

— Depuis quand vous connaissez-vous ? demande-t-elle timidement.

— Depuis toujours ! Je l'ai vu naître. Il est né dans le haras de mes parents en Autriche.

— Tu avais quel âge ? demande Anis.

— J'avais 8 ans. Cela fait donc très exactement onze ans que nous nous connaissons.

Aya replonge dans ses rêveries. Elle est subjuguée par l'élégance, la distinction du cheval et de sa cavalière.

De temps en temps, elle voit Rossignol qui la regarde d'un air pensif. Pour un peu, elle croirait qu'il lui sourit.

Anneliese et Rossignol sont de joyeux drilles et les cinq s'amusent beaucoup en leur compagnie, mais l'après-midi se termine. Quelqu'un approche avec un fauteuil roulant et aide Anneliese à descendre de Rossignol, puis à s'y asseoir. Aya ouvre de grands yeux. Elle n'avait pas compris qu'Anneliese était en fauteuil comme elle.

Zoé, Anis, Vadim et Marin saluent Rossignol comme un vieux copain. Aya, elle, n'ose pas. Elle a bien vu qu'il n'y avait aucune raison d'avoir peur, pourtant elle se sent curieusement intimidée devant Rossignol.

Quant à Anneliese, elle a à peine le temps de se faire belle que leur voiture vient déjà les chercher et les emmène jusqu'au château.

CHAPITRE 3

COMME DES ROIS À VERSAILLES

Les enfants et Anneliese saluent la statue du roi Louis XIV qui les accueille du haut de son cheval devant la grille du château, puis ils se laissent porter par la foule à travers cours, escaliers et salons.

— Toute cette foule tiendra-t-elle dans la galerie des Glaces ? s'inquiète Zoé.

— Oh, ne t'inquiète pas, la rassure Vadim, le seul parmi eux à être déjà venu. La galerie est immense. Elle est longue comme le plus gros avion de ligne du monde, l'Airbus A380 !

Soudain, ils débouchent dans la Galerie. Les miroirs, à l'infini, reflètent les éclats de lumière que lancent les lustres de cristal, l'or qui étincelle sur les murs, les plafonds, les statues et les derniers rayons du soleil qui se couche au-dehors. Au centre, des dizaines de tables nappées de blanc, splendides, attendent les convives.

Les enfants sont émerveillés.

— Waouh ! s'exclame Anis.

— On s'y croirait ! dit Zoé.

— J'ai l'impression que Louis XIV va arriver ! ajoute Marin.

— Ou Marie-Antoinette… poursuit Vadim.

— J'ai l'impression que je suis Marie-Antoinette ! termine Aya.

— Regardez ! On était là-bas tout à l'heure ! leur dit Anneliese en leur montrant, par les fenêtres qui donnent sur les jardins, la silhouette du site des Jeux Paralympiques que l'on devine au loin.

Un homme habillé en costume d'époque les conduit à leur table.

Cinq autres convives sont déjà installés.

— Mathias, se présente le premier.

— Elewisa, se présente le deuxième avant de dérouler fièrement le palmarès de son ami.

Ils sont assis à la table d'un vice-champion du monde du 100 m, trois fois champion d'Europe sur le 100 m et le 200 m, médaillé de bronze aux Jeux de Rio sur le 200 m et d'argent à Tokyo sur le 400 m !

Elewisa termine en disant :

— Et moi, je le guide. Ça veut dire que je cours avec lui.

— Pourquoi as-tu besoin d'un guide ? demande Aya à Mathias.

— Parce que je suis aveugle, répond Mathias simplement.

— Moussa ! se présente le troisième jeune homme. Moi aussi je suis aveugle et je suis joueur de cécifoot. Vous connaissez ?

— Bien sûr. C'est le football que pratiquent les aveugles et les malvoyants, répond Vadim.

— Ibrahim, se présente le suivant. Je joue dans la même équipe que Moussa, mais je suis voyant.

C'est à n'y rien comprendre ! Au cécifoot, les joueurs sont déficients visuels, mais le gardien, lui, ne l'est pas forcément !

— Et toi aussi, tu es une athlète handisport ? demande Zoé à la dernière convive, une jeune femme, Émilie.

— Ah non, pas du tout ! Moi je suis guide-conférencière. Je fais des visites guidées, ici à Versailles.

Un photographe passe de table en table pour faire des portraits de l'assistance. Anneliese ne savait pas que quand on dit « Ouistiti ! », ça fait faire un joli sourire sur les photos !

Des violonistes, perruques poudrées, chapeaux, longues vestes et bas blancs, se mettent à jouer une musique enjouée. Des laquais en costumes viennent allumer les chandelles sur les tables. Leurs langues de feu dansent au rythme des conversations et des éclats de rire.

Le dernier convive n'est pas arrivé. Sur le carton qui marque sa place, il est écrit : « Monsieur Stéphane Renoud ».

— Sais-tu qui est ce Stéphane Renoud ? demande Vadim à Émilie, la guide-conférencière.

—Oui, c'est un collectionneur, explique-t-elle. C'est dommage qu'il ne soit pas là. Je me faisais une joie de discuter avec lui. Il a, paraît-il, une remarquable collection d'objets et de lettres datant du règne de Louis XVI. C'est l'un des meilleurs spécialistes de Marie-Antoinette en France. Les mauvaises langues disent qu'il est amoureux de Marie-Antoinette...

—Mon arrière-grand-mère disait en plaisantant qu'elle avait entendu dire, quand elle était petite, qu'il y avait des chevaux de rois parmi les ancêtres de Rossignol et qu'il descendait de Bucéphale, le cheval d'Alexandre le Grand !

—C'est vrai ? demande Aya.

—Bien sûr que non ! On ne peut pas remonter aussi loin dans la généalogie d'un cheval. Mais ça colle parfaitement à son caractère ! D'ailleurs, il se rengorge toujours quand je raconte cette histoire devant lui.

—Je le vois d'ici... Vous êtes très amis, n'est-ce pas ?

—C'est mon meilleur ami !

— Tu es avocat ? s'étonne Anis.

— Je suis avocat et joueur de cécifoot, explique Moussa. Ce n'est pas incompatible ! On ne gagne pas sa vie comme joueur de cécifoot. Et puis, j'adore mon métier. Je n'en changerais pour rien au monde !

— Toi aussi tu as un métier ? demande Anis à Ibrahim, le gardien de but.

— Je suis prof de sport dans une école.

— Je n'en reviens pas que vous couriez sous la barre des 11 s, à peine 1 s de plus que le record d'Usain Bolt à 9 s 58 ! dit Zoé à Mathias et Elewisa.

— On viendra vous soutenir pour vos prochaines épreuves. Je serais curieux de voir comment vous arrivez à courir aussi vite en étant reliés par un petit ruban et sans vous étaler... C'est très mystérieux, s'étonne Marin. Mon grand-père trouvera ça très intéressant.

— Son grand-père a été champion d'Europe du 100 m en 1967, explique Zoé.

Les plats défilent. Pâté en croûte, velouté de cresson, bar sauvage au citron, rôti de bœuf à l'ail, petits pois, carottes, cèpes grillés, soufflé au chocolat, sorbet à l'orange et pyramides de fruits.

Après tout ça, ce gourmand d'Anis a encore faim. Il rattrape l'un des serveurs par les basques de son costume :

— Pardon, Monsieur, est-ce qu'il reste du soufflé au chocolat ?

— Ah non, assez dîné comme ça ! l'interrompt Aya, car Émilie a une surprise pour ses compagnons de table : une visite des appartements privés de la reine Marie-Antoinette !

Elle les emmène dans les grands appartements de la reine, dans sa chambre. Le lit de la reine se dresse, immense, derrière une balustrade dorée.

— On est en 1770. Marie-Antoinette a 14 ans. Il faut imaginer cette jeune fille, presque encore une enfant, que l'on vient de marier au futur roi de France, Louis XVI, sans qu'elle l'ait jamais rencontré. Elle a tout quitté : sa mère chérie, l'impératrice d'Autriche, sa famille, ses amis, son pays. Elle n'emporte rien de son ancienne vie avec elle, pas même un vêtement. On lui a fait franchir la frontière nue pour mieux le symboliser ! Et cette petite princesse qui a vécu jusque-là librement débarque à Versailles. Il n'y a pas, dans le monde entier, de lieu où les règles soient aussi incroyablement dures pour les rois et les reines.

Émilie marque une pause, puis, désignant le lit de la reine, reprend :

— Vous voyez ce lit derrière sa balustrade ? C'est très théâtral, n'est-ce pas ? Cette chambre est un espace public, presque une scène de théâtre. Comme ils assistaient tous les matins au lever du roi, la foule des courtisans venait assister au lever de la reine. C'est aussi dans ce lit que la reine accouchait en public. Marie-Antoinette a mis au monde ses quatre enfants ici.

— Quelle horreur ! s'exclame Aya.

— Oui, c'est aussi ce que pensait Marie-Antoinette ! Voilà pourquoi elle aimait tant ses appartements privés que je vais maintenant vous présenter. Contrairement à sa chambre, tout le monde ne pouvait pas y entrer. Seuls les proches de la reine y étaient accueillis.

Émilie les entraîne vers une porte dérobée, cachée dans le mur, à la gauche du lit.

— On a le droit de passer par là ? chuchote Marin en jetant des regards inquiets autour de lui.

En file indienne, ils traversent un corridor. Anneliese ouvre le chemin, elle est suivie des cinq enfants, puis de Elewisa et Mathias, Ibrahim et Moussa, et pour finir Émilie qui referme la porte derrière eux en disant :

— Lorsque vous entrerez dans la prochaine pièce, regardez le portrait de Marie-Antoinette à cheval face à vous. Il est saisissant. Ce portrait est si bien réalisé qu'on a l'impression de la voir vivante, se dressant sur son cheval. Marie-Antoinette était une cavalière acharnée.

Alors qu'elle entre dans la pièce, Anneliese s'arrête brutalement et ils se cognent les uns aux autres. Qu'est-ce qu'il y a ? Puis elle repart et ils se retrouvent entassés dans une toute petite pièce.

Anneliese est figée, le regard sur le tableau. Elle détache le collier qu'elle porte autour de son cou et dit :

— Regardez ! C'est un médaillon que m'a donné ma mère.

Ils regardent tous du mur au médaillon d'Anneliese et du médaillon d'Anneliese au mur, sauf Mathias et Moussa, évidemment.

— Qu'est-ce qu'il se passe ? demande Mathias.

— Oui, dites-nous. Qu'y a-t-il ? demande Moussa.

Émilie répond :

— Il y a un portrait de Marie-Antoinette à cheval sur le mur et Anneliese porte un médaillon autour de son cou qui représente exactement le même portrait !

CHAPITRE 4

UNE OMBRE DANS LA NUIT

Lorsqu'ils descendent de la voiture qui les a ramenés au village paralympique, les enfants se demandent ce qu'ils ont préféré de cette incroyable journée, mais ils ne sont pas d'accord les uns avec les autres.

— Notre entrée dans la galerie des Glaces ! dit Zoé.

— Le soufflé au chocolat ! dit Anis. À moins que ce ne soit le pâté en croûte... Ou le rôti. Ou les cèpes. Le velouté ? Oh, je ne sais pas ! C'est trop dur !

— La visite des appartements de Marie-Antoinette ! dit Marin.

— Je peux dire aussi le feu d'artifice ? demande Anis.

— Les nouveaux amis que nous nous sommes faits ce soir ! suggère Vadim.

— Anneliese et Rossignol ensemble… murmure Aya.

— Et toi ? Anneliese ? Quel était ton moment favori de cette journée ?

— C'est lorsqu'on a allumé les chandelles dans la galerie des Glaces.

En montant, les cinq amis constatent qu'ils sont voisins d'Anneliese qui a sa chambre dans le même bâtiment, au même étage et dans le même couloir qu'eux. Le hasard fait bien les choses !

La lumière du couloir ne fonctionne pas et il n'est plus éclairé que par la lumière verdâtre, vaguement inquiétante, qui indique la sortie de secours.

Soudain, Anis pousse un cri perçant. Leur sang se glace. Où est-il ? Il a disparu !

— Anis ! chuchote Marin d'une voix terrifiée. Anis ! T'es où ?

Leurs cœurs battent la chamade. Ils se regroupent au milieu du couloir et regardent de tous côtés. On n'y voit rien.

—Ah, ah, ah ! rit Anis, en surgissant de l'encoignure d'une porte. Je vous ai bien eus !

—Ce n'était pas drôle du tout, marmonne Marin. Pas du tout, du tout !

—Ouh, ouh ! dit Anis, tel un fantôme rigolard, en poursuivant ses camarades.

—Arrêtez de faire du bruit, leur demande Vadim. Il y a des athlètes qui concourent demain. Il ne faut pas les réveiller !

—Chuuut ! se mettent à chuchoter Anis, Aya, Zoé et même Marin, en faisant mine de marcher sur la pointe des pieds, mais en gloussant comme des baleines.

Honteux du vacarme qu'ils font, Vadim traîne en arrière de la joyeuse bande avec Anneliese. Brusquement, il se retourne :

—Tu as entendu ?

—Non. Qu'est-ce qu'il y a ?

—Je ne sais pas. Il m'a semblé entendre un bruit.

Il scrute l'obscurité.

—Il n'y a rien. Tu es encore sous l'effet de la peur que t'a faite Anis.

—Mais je n'ai pas eu peur !

—Ce n'est pas une honte, tu sais ! Son cri était terrifiant.

Il regarde une dernière fois dans son dos. Rien. Il jurerait pourtant qu'il ne s'est pas trompé, qu'il a entendu un bruit.

« Bonne nuit, voisine ! » « Bonne nuit, voisins ! », se disent les nouveaux amis en se séparant.

À peine couchés, les enfants plongent dans un profond sommeil comme on saute dans le grand bain.

Aya rêve qu'elle fait la planche. Elle sent l'eau qui l'enveloppe, la porte. Paresseusement, de temps à autre, ses jambes fendent l'eau d'un léger mouvement pour la maintenir en suspension. Soudain, elle entend des coups et une voix assourdie résonne, déformée par l'eau. Elle résiste encore un instant, elle se sent si bien...

Des mots paniqués « Ouvrez ! Ouvrez ! » franchissent la barrière de son rêve. Aya se réveille. C'est Anneliese qui frappe à la porte !

Vadim est le premier à réagir. Il ouvre. Anneliese entre en trombe et referme derrière elle à double tour.

—Il y a un voleur dans ma chambre ! crie-t-elle à bout de souffle.

Zoé allume la lumière du plafonnier. Les enfants clignent des yeux tels de vieux hiboux fatigués.

Anneliese s'assied, tremblante, sur le bord du lit d'Aya. Anis va lui chercher un verre d'eau. Et elle leur explique ce qui s'est passé :

—Je dormais et une odeur m'a réveillée. Une odeur forte, pas très agréable. Je ne sais pas comment la décrire. De la menthe peut-être, ou du thym, du romarin. Une plante en tout cas. Il y avait quelqu'un à côté de moi, immobile, et c'est lui qui dégageait cette odeur bizarre. Ça imprégnait ses vêtements. J'ai gardé les yeux fermés. J'ai fait semblant de dormir en essayant de respirer le plus calmement possible. Il y a cru apparemment. Il s'est mis à fouiller discrètement ma chambre. Je n'ai même pas osé faire un geste pour saisir mon portable qui était à quelques centimètres de moi sur la table de chevet.

—Tu as ouvert les yeux pour le regarder ? l'interrompt Marin.

—Non.

— Il avait une lampe ? continue-t-il.

— Non. Il cherchait en tâtonnant.

— Comment peux-tu être sûre que c'était un homme ? observe le petit garçon. Tu dis toujours « il »...

— Je... je ne sais pas... hésite Anneliese avant de reconnaître : c'était peut-être une femme...

— D'accord. Continue.

— Quand il (ou elle !) a fini de chercher sur la table de chevet, le bureau, dans le placard, il est entré dans la salle de bains. Je me suis tout doucement installée dans mon fauteuil. Je me suis approchée de la porte de la salle de bains. Ça faisait un moment que je me disais que je ferais ça s'il y entrait. Mais ma roue a heurté le mur. Il s'est arrêté de fouiller. Et là...

— Et là ? ne peuvent s'empêcher de crier les cinq enfants.

— Je l'ai enfermé dans la salle de bains !

— Mais alors il y est encore ? s'écrie Vadim. Il faut y aller !

— Pas d'inquiétude ! J'ai coincé la clenche de la porte en glissant une chaise en dessous. Il ne peut pas sortir, dit Anneliese.

Sans réfléchir au danger, Vadim se précipite aussitôt vers la chambre d'Anneliese :

— Suivez-moi !

Mais quand ils arrivent, la porte de la chambre est grande ouverte et la porte de la salle de bains aussi.

La chaise, qui était censée retenir le voleur ou la voleuse prisonnier, gît par terre, renversée. Ils doivent se rendre à l'évidence, le voleur d'Anneliese s'est fait la malle !

— Regarde si quelque chose a disparu ! dit Aya.

Anneliese a beau chercher. Tout semble être exactement à sa place. Son sac à main est sur le bureau. Elle vide son portefeuille pour voir si rien n'y manque.

Vadim la contemple tandis qu'un peu penchée, elle étudie le contenu de son portefeuille. Le médaillon avec le portrait de Marie-Antoinette se balance autour de son cou.

— Le médaillon ! s'exclame-t-il. Tu dormais avec ton médaillon autour du cou ?

L'air étonnée, elle le touche pour s'assurer qu'il est là, et dit :

— Je l'enlève pour dormir d'habitude, mais j'étais si fatiguée hier soir que j'ai dû oublier.

— Eh bien, je crois que c'est ça que cherchait le voleur... dit Vadim. Il en avait après ton médaillon !

— Vadim a raison. Ce n'est pas un voleur qui est venu dans ta chambre par hasard, observe Marin.

— D'ailleurs, ce soir, quand nous sommes rentrés, j'ai entendu un bruit dans le couloir. Tu te souviens, Anneliese ? dit Vadim. Le voleur a dû nous suivre. Il a repéré ta chambre. Il a attendu que tu t'endormes. Puis il est entré.

Ils sont stupéfaits. Qui peut bien en vouloir à Anneliese ?

CHAPITRE 5

L'EMPREINTE

— Tu avais fermé la porte de ta chambre à clé en te couchant ? demande Zoé qui réfléchit, le front plissé.

— Oui.

— Et quand tu es sortie de ta chambre après avoir enfermé le voleur dans la salle de bains, est-ce que la serrure était toujours fermée à clé ?

— Oui.

— Il n'est pas entré par la porte ! Il est entré par la fenêtre ! explique Zoé.

— Peux-tu me donner ton portable, Anneliese, s'il te plaît, dit Marin.

Il allume la torche, la braque sur la fenêtre et se met à l'étudier centimètre par centimètre. Anis s'approche et contemple avec lui. Soudain, il s'écrie :

— Là ! Il y a une empreinte !

Les deux garçons se rapprochent tellement pour la scruter qu'ils se cognent la tête : bang !

— Aïe ! grognent-ils tous les deux en se frottant le front, Tu m'as fait mal !

— Elle se trouve non pas à l'intérieur, mais à l'extérieur de la fenêtre… observe Marin. Sur une partie fixe à laquelle on ne peut pas accéder depuis l'intérieur… C'est forcément le voleur !

— Est-ce que tu connaîtrais un truc pour relever les empreintes ? demande Anis. C'est ce qu'on fait, non, dans les romans policiers, toi qui en lis tout le temps ?

Depuis le début des aventures de la bande, Marin, le lecteur de romans policiers, a prouvé à de nombreuses reprises que les méthodes des enquêteurs n'avaient pas de secrets pour lui. Une fois encore, il ne fait pas mentir sa réputation.

— Bien sûr que je sais relever les empreintes ! Tu me prends pour qui ? répond Marin. C'est hyper-fastoche ! Mais pour ça, il va falloir grimper à l'arbre qui est devant la fenêtre… Tu crois que tu pourrais…

— Bien sûr que je peux grimper à l'arbre ! Tu me prends pour qui ? répond Anis qui, lors d'une précédente enquête, a fait montre de ses talents de grimpeur. C'est hyper-fastoche !

— Quelqu'un m'explique ? demande Zoé. Vous comptez faire quoi avec cette empreinte ?

— Tu sais ce qu'est une empreinte digitale ? demande Marin.

— Non.

— Sous le bout de tes doigts, il y a des lignes qui forment des cercles. C'est ce qu'on appelle l'empreinte digitale. Tes empreintes sont différentes des miennes, de celles d'Aya, ou de qui que ce soit sur terre. Les policiers utilisent les empreintes pour arrêter les méchants.

— Mais pour qu'Anis parte escalader l'arbre pour relever l'empreinte, il va d'abord falloir attendre qu'il fasse jour… observe Aya avec sagesse.

Dehors, il fait effectivement encore nuit noire. Les enfants décident donc de retourner se coucher. Et Anneliese, qui n'a aucune envie de rester seule dans sa chambre, vient dormir chez eux, dans le lit libre au-dessus d'Aya !

Le lendemain matin, au saut du lit, Marin liste le matériel dont il a besoin pour relever l'empreinte :

— D'abord il me faut un pinceau épais, avec des poils longs, doux et souples.

— J'ai ce qu'il te faut, dit Anneliese qui retourne dans sa chambre et revient presque aussitôt avec une trousse de maquillage.

Elle farfouille dedans et lui sort un pinceau.

— Parfait ! dit Marin. L'un de vous a-t-il un crayon à papier et un taille-crayon ?

— Moi ! dit Aya.

Au-dessus d'une boîte, Marin fait de la poudre fine de crayon en raclant la mine du crayon sur la lame du taille-crayon.

— Une simple feuille de papier blanc… continue Marin.

— Tiens, dit Vadim !

— Enfin, nous avons besoin de scotch. Quelqu'un en a-t-il ? Non ?

Zoé file en emprunter un rouleau à la réception.

Marin explique à Anis comment procéder, et voici Anis parti avec son attirail de parfait petit détective dans la poche.

Depuis la chambre d'Anneliese, les enfants l'encouragent. Il grimpe à l'arbre comme un singe ! En deux temps trois mouvements, il est arrivé au premier étage.

Il bloque ses pieds dans un creux entre le tronc et une branche de l'arbre, puis il lâche une main. Ne se tenant plus que de sa main gauche, en extension, il parvient à s'approcher au plus près de la fenêtre. Il leur fait un coucou joyeux, puis se concentre. Les autres réalisent qu'avec une seule main libre, cela ne va pas être si facile que ça de relever l'empreinte.

Il prend la boîte avec la poudre de crayon, d'une pichenette en fait tomber le couvercle, porte la boîte à sa bouche et souffle délicatement en direction de l'empreinte. De leur côté, les autres voient la poudre se déposer sur l'empreinte presque transparente. Les lignes concentriques se dessinent en noir. Anis jette la boîte en bas de l'arbre et sort le pinceau à maquillage. Il le fait tourner sur sa cuisse nue, puis il se rapproche de la fenêtre, prend sa respiration et fait le même geste circulaire sur l'empreinte afin de répartir la poudre. L'empreinte est parfaite ! Les enfants et Anneliese poussent de grands « hourra ! »

Mais ce n'est pas fini. Anis sort le rouleau de scotch. En utilisant ses dents, il parvient à le dérouler et à en découper un morceau, qu'il tient en équilibre sur le bord de sa lèvre. De même qu'il a jeté la boîte qui contenait la poudre, il jette le rouleau qui l'encombre. Il saisit le morceau de scotch, prend l'extrémité qu'il n'a pas touchée et la colle sur l'empreinte : clac ! Il passe légèrement la pulpe de son doigt sur l'empreinte pour que celle-ci se reporte bien sur le scotch. Il sort à demi la feuille de papier blanc de sa poche. Il détache alors le morceau de scotch en faisant attention à ne pas l'abîmer, puis il le colle sur le papier qui dépasse de sa poche.

Mais là...

— Attention ! crie d'une seule voix l'équipe à l'intérieur.

Dans un craquement sinistre, la branche contre laquelle Anis avait bloqué ses pieds a lâché. Ses deux pieds pendent dans le vide. Il ne tient plus que par la main gauche.

— Il faut faire quelque chose ! crie Aya.

Personne ne peut porter secours à Anis que lui-même. Le temps d'arriver, il sera toujours trop tard.

Anis regarde partout autour de lui. Son bras doit fatiguer, pourtant il semble très calme…

Il se balance légèrement et parvient à enserrer le tronc de l'arbre avec ses deux jambes, puis ses deux bras. Il glisse doucement en se serrant contre l'arbre. Enfin il réussit à retrouver des appuis.

Quand il revient, Anis a les jambes égratignées et râpées. Ses camarades l'entourent. C'est à qui le prendra dans ses bras, lui donnera une bourrade sur l'épaule, lui serrera la main, l'enlacera, l'embrassera, le portera.

— Hey, mais vous avez fini, oui ? Arrêtez ! Arrêtez, je vous dis ! Vous m'étouffez ! Si vous continuez comme ça, je retourne dans l'arbre. C'était moins dangereux que d'être avec vous ! Au secours ! À l'aide ! Maman ! J'veux rentrer à la maison ! Ils sont complètement fous !

Ils éclatent de rire. Ils ont eu tellement peur !

— Alors... Elle est comment, cette empreinte ? dit Anis en sortant la feuille de papier de sa poche.

— Tu l'as encore ? s'étonnent les autres, qui étaient persuadés qu'elle s'était envolée.

— Évidemment, répond Anis, vexé. Puis il murmure en la regardant : Elle est parfaite ! Absolument parfaite ! On n'a plus qu'à identifier ton voleur, Anneliese, et cette empreinte prouvera sans l'ombre d'un doute que c'est lui.

CHAPITRE 6

UN MESSAGE D'OUTRE-TOMBE

Les enfants et Anneliese s'interrogent silencieusement. Si l'on s'approchait du cercle d'amis, on pourrait presque entendre les questions bourdonner dans leurs têtes !

Qui est le voleur ? Comment est-il au courant du médaillon ? Est-ce l'un de leurs sympathiques compagnons de table de la galerie des Glaces ? Elewisa ? Mathias ? Mais il est aveugle ! Elewisa et Mathias ensemble, peut-être ? Ibrahim ? Moussa ? Ces deux derniers ensemble ? Émilie ? Pourquoi l'un d'eux voudrait-il s'emparer du médaillon ?

Pourquoi qui que ce soit voudrait s'emparer du médaillon ?

Ce « pourquoi » flotte, dans l'air, pesant, au-dessus d'eux.

— Ce que je ne comprends pas, dit Anneliese à voix haute, exprimant sans le savoir leur pensée commune, c'est « pourquoi ? ».

Elle détache le médaillon de son cou et le pose sur la table.

— D'après maman quand elle me l'a donné, il n'a pas particulièrement de valeur. C'est un joli objet. Sans plus. Il y en a des centaines comme ça. Il n'a de valeur que sentimentale car il est dans notre famille depuis longtemps.

Ils observent attentivement le médaillon. Quel secret cache-t-il ? Qu'est-ce qui le rend si désirable pour le voleur ?

La reine Marie-Antoinette est à cheval. Coiffée d'un grand chapeau piqué d'une plume blanche, elle regarde le spectateur.

Le cheval, magnifique, est fièrement cabré. Deux chiens courent à ses côtés.

—Elle est en pantalon, observe Aya. C'est bizarre, non ? Les femmes ne portaient pas de pantalon à cette époque, si ?

—Non, tu as raison, répond Anneliese. En plus, elle monte à califourchon, une jambe de chaque côté du cheval, ce qui ne devait pas être très courant non plus. Les femmes à cette époque montaient en amazone (les deux jambes sur le côté), pas à califourchon.

Le portrait de la reine a été peint sur ivoire, comme leur explique Anneliese. Il est enserré dans un médaillon ovale, en or, qui fait peut-être quatre centimètres de haut, et est entouré de petits brillants. Le dos du médaillon est en or et un anneau est fixé à son sommet. C'est là que passe la chaîne qui permet de le suspendre à son cou.

Anneliese et les enfants regardent le pendentif à s'en faire mal aux yeux, mais ils n'en percent pas le secret. Jusqu'à ce qu'Aya fasse une observation étonnante :

—Comment ont-ils rentré le portrait dans le médaillon ?

Les autres s'approchent encore plus près. Ils le regardent recto verso, puis verso recto, puis sur la tranche. Ils le tournent dans tous les sens. Aya a raison ! Il n'y a aucun moyen d'ouvrir le médaillon pour y glisser le portrait. Il est hermétiquement fermé.

Aya colle ses yeux si près du médaillon qu'elle le touche presque du bout de son nez. Elle l'étudie sous toutes les coutures, millimètre par millimètre.

— Chaque brillant est coincé dans un anneau, murmure-t-elle.

Les autres sont près d'abandonner...

— Eurêka ! J'ai trouvé ! crie-t-elle soudain.

Elle se met à dévisser l'un des brillants. Puis un deuxième, un troisième... Peu à peu, elle les dévisse tous. Il apparaît alors clairement que le médaillon est composé de deux parties.

— À toi l'honneur, dit-elle à Anneliese. C'est ton médaillon.

Anneliese l'ouvre. Une mèche de cheveux blonds en tombe. Et un morceau de papier plié et jauni par le temps.

Elle le déplie en faisant très attention. Qui que ce soit, la personne qui a mis cette mèche de cheveux et ce message est morte depuis longtemps...

Et ce message était si important, si confidentiel, qu'il a été caché dans cet ingénieux médaillon.

La feuille dévoile une longue succession de chiffres et, en bas, en guise de signature, il y a écrit « Marie-Antoinette » !

26 14, 16 21 18 5 18, 14 26 22 18

23 14 22, 18 1 16 2 5 18, 25 18 6 3 2 22 5, 4 8 18, 1 2 8 6, 3 2 8 5 5 2 1 6, 4 8 18, 18 16 21 14 3 3 18 5

18 1, 14 7 7 18 1 17 14 1 7, 16 18, 23 2 8 5, 21 19 8 5 18 8 11, 6 14 8 9 18 13, 6 22 25, 9 2 8 6, 3 25 14 22 7, 25 18, 77 5 18 6 2 5, 17 18, 9 18 5 6 14 22 25 25 18 6

19 14 22 7 18 6, 26 2 22, 6 14 9 2 22 5, 2 8, 9 2 8 6, 25 14 8 5 18 13, 16 14 16 21 18, 14 8 11, 3 22 18 17 6, 19 18 5 5 18 6, 17 8, 6 2 25 18 22 25

14 9 18 16, 7 2 8 7 18, 26 2 1, 14 19 19 18 16 7 22 2 1

Marie-Antoinette

Cette mèche de cheveux, ce message ont mis près de deux cent cinquante ans à leur parvenir !

C’est comme si la reine s’adressait à eux d’outre-tombe…

Et il y a quelqu’un qui est au courant de l’existence de ce billet et qui est prêt à tout pour mettre la main dessus. Une chose est sûre : ils doivent décrypter ce code secret !

CHAPITRE 7

LE CODE SECRET

Anneliese doit aller travailler avec Rossignol en prévision de son épreuve qui a lieu dans quelques jours. Désormais seuls, les enfants se penchent sur le code secret de la reine, bien décidés à le décrypter avant le début de l'épreuve de tennis fauteuil qu'ils avaient prévu d'aller voir ce matin. Comme ils n'y parviennent pas, ils se donnent jusqu'au déjeuner... Puis au goûter... Au dîner...

— Il y a des virgules, observe vite Marin, mais pas de points ou d'autres signes de ponctuation. Il est impossible que ce soit de vraies virgules.

Je pense qu'elles marquent la séparation entre deux mots.

—C'est facile, continue-t-il un peu plus tard, les nombres vont de 1 à 26, autant que de lettres dans l'alphabet ! Chaque nombre correspond donc à une lettre.

Une fois qu'ils ont découvert ça, ils concluent que A = 1, B = 2, C = 3, et ainsi de suite jusqu'à Z = 26.

Ils sont hyper-fiers d'eux-mêmes.

Mais ainsi décryptée, la première ligne se traduit par : Z N, P U R E R, N Z V R. Ça n'a aucun sens…

Cela leur semblait tellement évident pourtant !

Après ça, ils restent bloqués.

À la fin de la journée, il ne reste que Marin au-dessus du message de Marie-Antoinette. Il a griffonné des pages de lettres et de chiffres. Tous ses camarades l'ont peu à peu abandonné. D'abord, il y a eu Anis qui est allé faire du skateboard sur l'esplanade en bas de leur immeuble. Puis Zoé a dit qu'elle allait voir l'épreuve de tennis comme prévu. Vadim a choisi de l'accompagner. Aya a été la dernière à partir dans l'après-midi.

Marin ne sort finalement le nez de ses recherches que parce qu'il a trop faim pour être capable de réfléchir.

À table, les enfants se demandent comment résoudre cette énigme que Marie-Antoinette semble leur avoir lancée à travers les siècles.

— Il faudrait demander de l'aide à un spécialiste des codes secrets, suggère Marin.

— On n'en connaît aucun… lui répond Aya.

— Ou un spécialiste de Versailles, reprend Marin.

— On ne peut malheureusement pas demander à Émilie, la guide-conférencière, la seule spécialiste de Versailles que nous connaissions. C'est peut-être elle qui a essayé de voler le médaillon… dit Zoé.

— Que diriez-vous d'un spécialiste de Marie-Antoinette ? propose Vadim.

— Tu en connais un ?

— Non, pas directement, répond-il, mais le dernier convive qui devait être à table avec nous et qui n'est pas venu est l'un des plus grands spécialistes de Marie-Antoinette, d'après Émilie. Elle m'a dit son nom : Stéphane Renaud ou Renard, quelque chose dans le genre. On pourrait demander à Émilie si elle a ses coordonnées.

C'est une super-idée ! La proposition de Vadim est acceptée à l'unanimité.

Vadim, le seul de la bande à posséder un portable, envoie aussitôt un texto à Émilie, qui lui envoie le numéro de téléphone dans la seconde.

Anneliese arrive à ce moment. Elle est fort déçue d'apprendre qu'ils n'ont pas déchiffré le code secret, mais trouve excellente leur idée de contacter Stéphane Renoud. Elle est presque sûre que le voleur est revenu dans sa chambre ! Elle vient d'y passer avant de venir dîner et elle a eu l'impression que des objets avaient été déplacés. Les enfants seraient-ils d'accord pour qu'elle dorme dans leur chambre cette nuit encore ? Elle a peur...

— Bien sûr ! répondent-ils d'une seule voix. Tu peux rester autant que tu veux !

— Au fait, demande Anneliese, vous vous souvenez du photographe qui a fait des portraits dans la galerie des Glaces. Il a envoyé ses photos. Ça vous dit qu'on les regarde ?

—Non, répond Zoé. Nous devons découvrir ce que le voleur cherche. C'est le seul moyen pour que tu sois tranquille. Appelons Stéphane Renoud maintenant.

Et c'est ce qu'elle fait.

—Bonjour, Monsieur. Nous ne nous connaissons pas. Je m'appelle Zoé. Nous aurions dû nous rencontrer hier soir au dîner à Versailles...

Tandis que son interlocuteur parle, elle explique en chuchotant à ses amis :

—Il a l'air super-sympa... Il était malade... C'est pour ça qu'il n'est pas venu.

Puis elle répond à la question que lui pose Stéphane Renoud :

—Mon appel doit vous paraître étrange... Mes amis et moi-même avons entendu dire que vous êtes un spécialiste de Marie-Antoinette et nous aurions quelque chose à vous montrer, un objet qui lui a appartenu. Vous pouvez peut-être nous aider.

L'expert est si intrigué et il a tellement envie de voir l'objet en question qu'il se sent prêt à venir les rencontrer, bien qu'il soit encore malade. Il peut être là dans disons... une demi-heure.

En réalité, il lui faut moins d'une demi-heure pour arriver : vingt minutes montre en main !

À peu de choses près, il a l'âge d'être leur père. Il est très élégant, mais d'une élégance légèrement vieillotte. Il donne l'impression de passer son temps à lire de vieux bouquins dans des bibliothèques poussiéreuses. C'est exactement l'homme qu'il leur faut ! songe Anneliese. Il ne semble pas très en forme. Il a des cernes autour des yeux et la voix enrouée quand il parle.

Aussitôt les présentations faites (« Appelez-moi Stéphane »), il leur dit :

— Vous avez attisé ma curiosité. Montrez-moi ce mystérieux objet !

— D'abord nous devons vous expliquer dans quelles circonstances nous l'avons trouvé, répond Anneliese.

Et elle lui raconte toute l'histoire : depuis le jour où sa mère le lui a remis cérémonieusement jusqu'à sa découverte du tableau dans les appartements privés de la reine, à la tentative de vol, à son impression tout à l'heure que sa chambre a encore été fouillée.

Elle enlève doucement le pendentif qu'elle portait caché sous son tee-shirt et, tandis qu'il l'étudie, elle lui décrit la manière dont ils sont parvenus à l'ouvrir.

Les yeux de Stéphane brillent d'excitation. Brusquement, on croirait un gamin qui part à la chasse au trésor ! Autant dire qu'il leur ressemble un peu !

En lui présentant la mèche de cheveux et le message, Anneliese dit simplement :

— Voici ce que contenait le pendentif.

Puis elle se tait. Ils attendent sa réaction.

— C'est extraordinaire, murmure-t-il. Tout à fait extraordinaire. Extraor...

N'y tenant plus et avant qu'il ait le temps de terminer son troisième « extraordinaire », Zoé l'interrompt :

— Avez-vous déjà vu ce genre de message codé ?

— Oui, répond Stéphane contre toute attente. Marie-Antoinette en était coutumière.

— Pensez-vous que vous pouvez le décrypter ? demande Anneliese.

— Je le pense. Cela me demandera peut-être du temps, mais j'y parviendrai. J'en ai décrypté d'autres. Permettez-vous que je vous l'emprunte et que je l'emporte chez moi pour l'étudier ?

— Non, répond Anneliese, mais vous pouvez en faire une photo.

— Je vous appelle dès que j'ai la solution.

Le lendemain matin, le premier geste de Vadim et d'Anneliese est de regarder si Stéphane ne les a pas appelés, mais il n'y a aucune nouvelle. Sans doute n'a-t-il pas encore trouvé. Il les appellera plus tard !

Puisqu'il s'occupe du code secret, ils décident tous de vaquer à leurs occupations, sauf Marin, qui choisit de continuer à travailler au décryptage.

Anneliese va rejoindre Rossignol.

Aya lui demande timidement :

— Je peux venir avec toi ?

Vadim et Zoé ont tellement aimé voir le tennis fauteuil hier qu'ils y retournent et convainquent Anis de les accompagner.

Rossignol fait un immense sourire à Aya quand elle arrive ! Il l'a reconnue, elle en est sûre ! Anneliese et Rossignol répètent encore et encore une étrange chorégraphie en musique en prévision de l'une des épreuves. Ils dansent ! Elle admire leur complicité. Il lui semble qu'ils ne forment qu'un à eux deux…

Après leur séance, Anneliese lui propose de l'aider à s'occuper de Rossignol. La petite fille dans son fauteuil s'approche de cet immense cheval et pose sa main sur son poitrail. Anneliese lui tend une brosse. Aya brosse Rossignol timidement d'abord, puis peu à peu, elle s'enhardit. Elle lui parle comme elle a vu Anneliese le faire. Lorsqu'elle dit au revoir à Rossignol, il baisse la tête et lui souffle sur le visage pour lui manifester son amitié. Alors elle met ses bras autour du cou de Rossignol et lui fait un gros baiser retentissant sur la joue !

Anis ne regrette pas d'être venu voir le tennis fauteuil.

Zoé et Vadim sont heureux de lui faire partager leur connaissance toute neuve de ses règles.

— Les joueurs sont assis dans des fauteuils spéciaux pour que leurs fauteuils ne puissent pas basculer en arrière. Ils ont droit de renvoyer la balle après un ou deux rebonds au lieu d'un seul au tennis.

— Et pourquoi font-ils tout le temps des huits avec leurs fauteuils ?

— Ils doivent être sans cesse en mouvement pour ne pas perdre de vitesse. Sinon, ils ne seraient pas assez rapides pour aller rattraper la balle suivante.

Quand ils reviennent dans la chambre, Marin est bizarre. Il est allongé sur son lit, les bras croisés sous la tête, et il regarde le plafond. Il se redresse d'un bond. Débraillé, les cheveux en pétard, il est rouge tomate, si rouge qu'on a l'impression qu'il a retenu sa respiration trop longtemps, et il est excité comme une puce. Il ne tient pas en place.

— Oh, Marin, quel dommage que tu ne sois pas venu avec nous ! On a passé une journée for-mi-da-ble ! s'exclame Zoé en détachant les syllabes.

Ils s'asseyent tous sur le lit de Vadim et se mettent à raconter leur journée.

Vadim, Zoé, Anis et Anneliese ne remarquent pas combien Marin est étrange, mais Aya le regarde, suspicieuse… Il ressemble à un chat qui aurait mangé le pot de confiture en l'absence de ses maîtres. (Mais les chats mangent-ils vraiment de la confiture ?)

— Toi, tu nous caches quelque chose ! dit-elle.

Lentement, très lentement, Marin sort une feuille pliée en quatre de sa poche, il se racle la gorge deux fois et, la voix tremblante de fierté, leur lit les premiers mots qui sont marqués dessus : « *Ma chère amie…* » C'est la transcription du message de Marie-Antoinette ! Il est parvenu à craquer le code !

Ma chère amie,

J'ai encore l'espoir que nous pourrons nous échapper.

En attendant ce jour heureux, sauvez s'il vous plaît le trésor de Versailles.

Faites-moi savoir où vous l'aurez caché aux pieds ferrés du Soleil.

Avec toute mon affection.

Marie-Antoinette

Lorsque Marin termine sa lecture, ils ne disent rien. Marin les regarde, un peu étonné et très déçu de leur absence de réaction :

— Vous ne dites rien, les gars ?

Ils le regardent la bouche ouverte, sous le choc.

— Relis-nous le message, Marin, s'il te plaît, demande Anneliese.

Il le fait de bonne grâce.

Cette fois, c'est le délire ! Anneliese dit :

— Trois hourras pour Marin !

Anis se met à sauter comme un ressort :

— Un trésor ! Vous vous rendez compte ?

Zoé se joint à lui :

— Il y a un trésor à Versailles !

Aya se met à faire tourner son fauteuil sur lui-même en criant :

— Le trésor de Versailles !

Puis c'est au tour de Vadim, normalement toujours si raisonnable, de prendre Marin sur ses épaules et de le porter en triomphe dans la pièce en criant :

— Qui va trouver le trésor de Versailles ?

Et tous ensemble ils répondent d'une seule voix :

— C'est nous !

— Comment as-tu fait ? demande Zoé, admirative.

— Quand on regarde attentivement la lettre, on se rend compte qu'il y a un petit trait à peine visible sous le « n » de Marie-Antoinette : n̦. Je me suis dit que ce trait n'était pas un hasard et j'ai réfléchi à partir de cet indice. J'ai fini par comprendre : il ne fallait pas partir de A = 1, mais de N = 1…

Marin leur montre alors une feuille. Dessus, il a écrit sur deux colonnes :

A = 14, B = 15, C = 16, D = 17, E = 18, F = 19, G = 20, H = 21, I = 22, J = 23, K = 24, L = 25, M = 26, N = 1, O = 2, P = 3, Q = 4, R = 5, S = 6, T = 7, U = 8, V = 9, W = 10, X = 11, Y = 12, Z = 13.

CHAPITRE 8

CINQ SUSPECTS

Bien qu'ils rêvent de trouver le trésor, les cinq membres de la fine équipe ont compris qu'ils doivent également enquêter sur celui ou celle qui a déjà fouillé la chambre d'Anneliese à deux reprises. Elle est nerveuse. Elle sursaute au moindre bruit, refuse de retourner dans sa chambre et ne cesse de tripoter son médaillon. Le trésor de Versailles a attendu deux cent cinquante ans. Il peut attendre quelques jours de plus !

Zoé appelle Stéphane pour lui annoncer que Marin a résolu le code. Elle lui propose de dîner avec eux ce soir. Il a été si gentil de leur proposer son aide ! Serait-il d'accord pour continuer à les aider ? Ils ont tant besoin de lui !

— C'est bon, il est d'accord ! dit-elle en raccrochant, puis elle rigole : Il était vexé comme un pou que tu aies résolu l'énigme avant lui, Marin ! Il a dit qu'il se sentait toujours malade aujourd'hui et qu'il n'avait pas encore pu s'y mettre. Quelle bonne blague ! Il n'y avait qu'à voir son air enthousiaste quand il a vu le billet pour savoir que, malade ou pas, il allait s'y atteler à peine rentré chez lui. Il ne m'a même pas demandé la traduction du code. Je vous parie qu'il va y travailler d'arrache-pied pour ne pas avoir l'air d'un sot à côté d'un gamin de 10 ans.

— Et maintenant au boulot ! Il faut qu'on attrape le voleur ! dit Vadim.

— Tu veux dire « l'aspirant voleur ». Il n'a rien volé, même si ce n'est pas l'envie qui lui en manquait, rectifie Aya.

— Récapitulons, suggère Marin. On était onze à table dans la galerie des Glaces et l'aspirant voleur est forcément l'une de ces onze personnes. Je pense qu'on peut facilement nous éliminer des suspects. Ça veut dire qu'il reste cinq suspects.

—Mathias et Elewisa, le coureur et son guide, dit Anis.

—Moussa et Ibrahim, le joueur et le gardien de cécifoot, complète Zoé.

—Émilie, la guide-conférencière, termine Vadim. Moi, je penche pour elle, même si elle était super-sympa. Elle sait tout du château de Versailles et de son histoire.

—C'est moche de devoir soupçonner tout le monde... dit Aya.

—J'ai dit à Mathias et Elewisa qu'on irait les encourager sur leurs épreuves, raconte Marin. C'est le moment ou jamais de tenir ma promesse !

Ils décident de former trois paires de deux enquêteurs. Pour éviter les disputes, Vadim propose de jouer aux dés leurs enquêtes respectives. Le sort détermine que Marin et Anneliese iront voir le para athlétisme, Aya et Vadim le cécifoot et que Zoé et Anis iront rendre une visite à Émilie, la guide-conférencière.

Vadim et Aya arrivent les premiers sur le site du cécifoot. Ils le connaissent pour l'avoir déjà vu lors d'une épreuve des Jeux Olympiques : c'est le Stade tour Eiffel.

Les équipes, composées de cinq joueurs, entrent sur le terrain. Comme les joueurs ne voient pas, chacun d'eux pose sa main sur l'épaule de celui qui le précède et le premier est guidé par l'entraîneur. Un spectateur à côté d'eux, qui les entend se demander pourquoi les quatre joueurs portent des masques, leur explique : « C'est parce que certains joueurs ne sont pas complètement aveugles, ils peuvent distinguer des lumières, des formes. Alors ils mettent tous des masques pour être à égalité. » Seul le gardien, Ibrahim, n'en a pas. Ils lui font un signe de reconnaissance. Il leur fait un grand signe chaleureux de la main.

Aya décrète aussitôt :

— Ce n'est pas lui.

— C'est peut-être un peu rapide pour le dire, s'amuse Vadim.

Le match est passionnant à regarder et… à entendre ! Pour que les joueurs puissent le repérer, le ballon fait du bruit. Le gardien parle pour aider les défenseurs à bien se placer. Les joueurs parlent pour annoncer leur position. Bref, ils parlent tous en même temps. La méthode est efficace apparemment.

— Ils se font des passes et tapent dans le ballon comme s'ils voyaient ! s'émerveille Aya.

Les spectateurs doivent rester très silencieux pendant les actions pour ne pas les déranger. Ce n'est que quand il y a un but, qu'ils peuvent applaudir. Alors Aya et Vadim applaudissent à tout rompre.

L'équipe de Moussa et Ibrahim remporte le match ! Les deux enfants les acclament, puis ils se précipitent pour les féliciter. En chemin, ils se rappellent pourquoi ils sont là : ils ne sont pas que de simples supporters, ils sont d'abord là pour enquêter...

Quand ils parviennent à les approcher, les deux jeunes hommes ont l'air très contents de les revoir. Aya en est convaincue : ce n'est tout bonnement pas possible que ce soit eux !

Mine de rien, Vadim les interroge :

— Vous n'étiez pas fatigués après notre dîner au château de Versailles ? Nous, on était hyperfatigués… On est rentrés se coucher aussitôt ! Et vous ? Qu'avez-vous fait quand on s'est séparés ?

—Vous avez de la chance… Nous, notre minibus est tombé en panne sur l'autoroute et on est arrivés au village paralympique à 2 h du matin, explique Moussa.

—Quelle galère ça a été, soupire l'un des coéquipiers des garçons…

Les deux enfants se regardent rassurés : ce ne sont pas les voleurs ! À l'heure de la tentative de vol, ils étaient coincés sur le bord de l'autoroute avec l'ensemble de leur équipe et leur entraîneur qui assistaient eux aussi au dîner à Versailles.

Au Stade de France, Anneliese et Marin s'apprêtent à assister à une course de Mathias et Elewisa.

Ceux-ci prennent le départ pour un 400 m où tous les coureurs sont aveugles ou malvoyants. Les coureurs se positionnent deux par deux : le para athlète et son guide à côté de lui, reliés par un simple ruban.

—On croirait des jumeaux : même taille, même silhouette, observe Anneliese.

Le coup de feu résonne.

Marin dévore la course des yeux. Il veut pouvoir tout décrire à son grand-père.

— Ils courent en miroir ! Quand Mathias avance la jambe droite, Elewisa avance la gauche. Et vice versa. Et c'est pareil avec leurs bras. Et leurs foulées ont absolument la même longueur !

Quel travail il a fallu pour arriver à une telle harmonie, à une telle entente ! Marin se dit que c'est ce qu'il a vu de plus beau depuis le début des Jeux Olympiques et Paralympiques. Il n'aimerait pas que ces deux jeunes gens soient coupables des tentatives de vol du médaillon. Anneliese non plus apparemment. Elle se met à crier alors qu'ils approchent de la ligne d'arrivée :

— Allez, Mathias ! Allez, Elewisa !

— Allez, Mathias et Elewisa ! entonne Marin.

Ils sont qualifiés pour la course suivante ! Bravo !

Pendant ce temps, Zoé et Anis sont arrivés au château de Versailles. Ils ont réservé une visite guidée avec Émilie et ont prévu de boire un chocolat chaud tous les trois après la visite.

— Que je suis contente que vous soyez venus ! s'exclame Émilie, rayonnante.

Elle les présente au reste du groupe :

— J'ai l'honneur de vous présenter Zoé et Anis, deux des gagnants du concours *Bingo !*.

La visite est très amusante. Émilie leur narre la vie du roi Louis XIV, le bâtisseur de Versailles.

— On appelle Louis XIV le « Roi Soleil » parce qu'il avait choisi le soleil comme emblème. Si vous regardez bien, vous verrez ce motif du soleil partout dans le château.

— Là ! s'écrie Anis.

— Ici ! montre Zoé.

Les deux enfants se mettent à chasser les images du soleil tout en écoutant les explications d'Émilie : « Ici, vous voyez une représentation du dieu Apollon, le dieu grec du Soleil ! On le retrouve en de nombreux endroits du château... Blablabla... Louis XIV aimait danser... Blablabla... Dans cet emploi du temps réglé, l'après-midi était souvent consacrée à la chasse... Blabla... »

Après la visite, en buvant un délicieux chocolat, tandis que Zoé et Anis s'apprêtent à interroger Émilie avec tact, celle-ci leur demande :

— Ça tombe bien que vous veniez me voir, les enfants. Est-ce que vous avez revu Anneliese ? J'ai repensé à elle et j'aimerais lui faire une proposition.

— Laquelle ?

— Je me demandais si elle serait intéressée à me vendre son médaillon... Ne lui en parlez pas, surtout. Je préfère lui en parler moi-même. Pensez-vous que vous pourriez organiser un dîner pour que je puisse lui parler ?

Cette question semble étrange à Anis et Zoé qui en tirent une conclusion évidente : c'est Émilie qui a essayé de voler le médaillon et comme elle n'y est pas parvenue, elle essaie de se le procurer par un autre moyen !

En plus, Émilie n'a même pas d'alibi à l'heure de la première tentative de vol : elle était en train de dormir, dit-elle.

— Seule ? demande Zoé.

— Euh... Oui... répond Émilie, étonnée de cette question indiscrète.

Zoé et Anis se jettent un regard entendu.

Sans se douter de la découverte d'Anis et Zoé,

après les avoir félicités pour cette magnifique course, Anneliese et Marin interrogent à contrecœur Mathias et Elewisa.

— Qu'avez-vous fait après notre dîner de l'autre soir ?

— On s'est attardés à Versailles.

— Dans la nuit ?

— Pourquoi pas ? C'est une très jolie ville.

« Mouais, songe Marin. Pas très convaincant, cette histoire. Ils auraient aussi bien pu sauter dans un taxi, arriver au village paralympique et Elewisa aurait pu se glisser dans la chambre d'Anneliese pour voler le médaillon. »

À ce moment, quelqu'un bouscule Anneliese et s'éloigne rapidement sans un mot d'excuse : quel goujat ! Il faut quelques secondes à Anneliese pour comprendre ce qui vient de se produire.

— Mon médaillon ! Il m'a volé mon médaillon ! Arrêtez-le ! dit-elle d'une voix perçante.

Il est là-bas ! Il a tourné à l'angle du couloir !

Elewisa se met à courir dans cette direction. Mathias, se fiant à sa seule ouïe, parvient à suivre Elewisa de près. Loin derrière viennent Marin et Anneliese.

—Tu le vois ? demande Mathias quand ils s'engagent dans le couloir et qu'Elewisa arrête de courir brutalement.

—Non. Il s'est volatilisé...

Il n'y a personne.

Tout ce qui reste du voleur, c'est un foulard de soie bleu et noir qu'il a perdu dans sa course et qui se pose doucement au sol, comme pour les narguer, devant les deux athlètes, et Marin et Anneliese qui arrivent après eux...

Lorsque les enfants se retrouvent, Aya et Vadim annoncent, avec un soulagement évident :

—Ce n'est pas Ibrahim et Moussa, ils étaient en panne sur l'autoroute !

—On le sait déjà, répondent Zoé et Anis. C'est Émilie !

—Ce ne sont ni Ibrahim et Moussa, ni Mathias et Elewisa, ni Émilie, corrige Marin. Car pendant que nous étions les uns et les autres en leur compagnie, le médaillon d'Anneliese a été volé par un autre...

—Comment ?

—On est les as de l'enquête... grogne Anis.

— On est passés de cinq suspects à zéro, dit, l'air sombre, Vadim.

— Ou plutôt de cinq à plusieurs centaines, dit, encore plus sombre, Marin. Car nous avons été trop rapides à conclure que c'était obligatoirement l'un des convives de notre table. En réalité, tous ceux qui assistaient à cette soirée sont suspects. Tous !

CHAPITRE 9

JEU DE PISTE

Les enfants appellent Émilie pour lui demander si elle peut leur obtenir la liste des invités au dîner. Quand ils lui expliquent toute l'affaire, elle s'exclame :

— Vous m'avez soupçonnée d'avoir essayé de voler le médaillon ! C'est pour ça que Zoé et Anis m'interrogeaient pendant qu'on buvait notre chocolat !

Elle semble un peu vexée, mais elle promet quand même de chercher la liste.

— Je ne vous garantis rien !

Anneliese est triste qu'on lui ait volé son bijou.

— Le voleur n'ira pas loin avec juste le médaillon et sans la lettre de Marie-Antoinette, remarque Anis, pour essayer de la consoler.

— Certes, mais nous ne connaissons pas les indices dont il dispose… Peut-être a-t-il des informations que nous ignorons ? observe Marin.

Les autres n'avaient pas songé à cela…

— Nous devons prendre le voleur de vitesse ! dit Aya. Nous devons trouver le trésor avant lui !

— Ça tombe bien : nous dînons avec Stéphane tout à l'heure, dit Zoé. Nous ne serons pas trop de sept pour comprendre cet énigmatique message de Marie-Antoinette.

— Je vous abandonnerai tôt ce soir, leur dit Anneliese. Mon épreuve a lieu demain et je dois me reposer.

Lorsqu'ils rejoignent Stéphane au restaurant, ils sont à peine assis que celui-ci lance :

— J'ai décrypté le code moi aussi. C'était un jeu d'enfant, n'est-ce pas, Marin ?

Zoé fait un clin d'œil à ses camarades qui signifie : « Je vous l'avais dit ! »

Puis il récite :

—*Ma chère amie,*

J'ai encore l'espoir que nous pourrons nous échapper.

En attendant ce jour heureux, sauvez s'il vous plaît le trésor de Versailles.

Faites-moi savoir où vous l'aurez caché aux pieds ferrés du Soleil.

Avec toute mon affection.

Marie-Antoinette

Anis demande :

—Que veut dire la première phrase : « J'ai encore l'espoir que nous pourrons nous échapper » ?

Stéphane leur explique :

—À la Révolution, après avoir dû quitter Versailles, le roi et la reine, Louis XVI et Marie-Antoinette, ont d'abord été plus ou moins prisonniers dans leur palais des Tuileries à Paris, puis tout à fait prisonniers un peu plus tard après avoir été jetés en prison. Lorsqu'elle écrit ce billet, Marie-Antoinette espère qu'ils pourront s'échapper. Ils n'y parviendront pas. Ils seront condamnés à mort et exécutés.

— Si je comprends bien, nous recherchons un endroit qui se trouve « aux pieds ferrés du Soleil », dit Aya. La mystérieuse correspondante de la reine doit répondre à Marie-Antoinette à cet endroit.

Zoé et Anis s'exclament en même temps :

— Le soleil !

Puis Anis explique :

— Le soleil, c'était l'emblème de Louis XIV. Il y a des soleils partout à Versailles.

— Et les « pieds ferrés » sont forcément les pieds d'un cheval, poursuit Anneliese.

Ils ont été tellement rapides que Stéphane n'a pas eu le temps d'en placer une. Il profite d'une pause dans leurs hypothèses pour dire :

— Bravo ! Je suis arrivé aux mêmes conclusions que vous. Je pense que nous devons chercher aux pieds d'une statue ou d'un tableau de Louis XIV à cheval… Je vous ai d'ailleurs apporté une carte du château et des jardins sur laquelle j'ai noté tous les Louis XIV à cheval. Je l'ai faite de mémoire, il se peut qu'elle soit incomplète.

— Il y a la statue équestre de Louis XIV située devant les grilles du château sur votre carte ? demande Aya.

— Ah, non, répond Stéphane en souriant. Elle n'y est pas.

— Vous l'avez oubliée ?! s'étonne Anis. Pourtant, on ne voit qu'elle !

— Non, je ne l'ai pas oubliée, répond Stéphane. Mais cette statue n'existait pas à l'époque de Marie-Antoinette. Elle est plus tardive.

— C'est une bonne raison ! reconnaît Anis.

Le serveur arrive pour prendre les commandes, mais aucun d'eux n'a commencé à lire le menu. Au lieu de ça, ils parcourent la carte de Stéphane.

— Eh bien, on va avoir du boulot, demain ! dit Vadim.

— Est-ce que tu veux bien venir avec nous ? demande Zoé à Stéphane. Ça nous ferait gagner beaucoup de temps.

— Oh oui, s'il vous plaît ! Venez avec nous ! le prient les enfants.

Il accepte très gentiment :

— Je ne vous cache pas que j'espérais secrètement que vous me le proposiez. Cette chasse au trésor est follement amusante !

— Enfin, on va pouvoir dîner, dit Anis le gourmand.

Stéphane est beaucoup plus amusant qu'il n'en donne l'impression quand on le voit la première fois. Désormais, tous le tutoient et lui les tutoie aussi.

Anneliese part avant le dessert pour aller se coucher.

— Bonne chance ! lui souhaitent les enfants en la prenant dans leurs bras.

— Tu es sûre que tu ne veux pas que nous venions t'encourager demain ?

Elle refuse. Elle sait qu'elle aura le trac et elle préfère qu'ils ne soient pas là.

Le temps de manger de délicieux œufs à la neige, c'est déjà l'heure de rentrer.

Le lendemain, ils se retrouvent devant les grilles du château.

Ils se rendent d'abord dans l'orangerie du château. Stéphane y a indiqué sur son plan une statue de Louis XIV à cheval qui a été sculptée par un célèbre sculpteur appelé Le Bernin. Le roi monte à cru, sans selle, sur un cheval cabré. La cape du roi, la crinière et la queue du cheval volent au vent, telles des flammes. Le ventre du cheval semble caressé par de l'herbe ou des flammes.

— Comment fait-on pour voir ce qu'il y a aux « pieds ferrés du Soleil » ? demande Aya.

La statue est en effet perchée sur un haut socle en marbre…

Anis regarde à gauche, à droite, derrière, s'assure que personne ne le voit et l'escalade. Puis en se tenant aux pieds de Louis XIV, il inspecte soigneusement la statue à la recherche d'un creux ou d'une cache secrète dans laquelle un message aurait pu être dissimulé.

— Il n'y a rien, dit-il en sautant, léger comme une plume, quelques minutes plus tard.

Stéphane est très déçu. Il croyait beaucoup à cette première statue…

— Au suivant ! dit joyeusement la petite bande.

Ils passent ensuite à toute une série de tableaux représentant le roi à cheval sur des champs de bataille ou chassant. Et il y en a une sacrée quantité.

Rien ! Toujours rien !

Ils se mettent à arpenter les jardins, suivant les indications marquées par Stéphane sur son plan.

Les voyant tourner autour d'une statue, un gardien s'approche d'eux et leur demande de ne pas la toucher :

— Qu'est-ce qu'elle a de spécial, cette statue ? Il y a un jeu de piste ? Vous êtes les seconds à venir la tapoter comme ça. Il y a déjà un type qui est venu avant-hier.

Le gardien ne peut malheureusement pas leur décrire ce mystérieux visiteur qui les a précédés.

Cela les inquiète. Est-ce le voleur du médaillon ? Est-il en avance sur eux ?

Ils poursuivent leur recherche avec le sentiment qu'ils doivent se hâter.

Après des heures, il leur faut se rendre à l'évidence, aucun des Louis XIV inspectés ne leur a livré le moindre message…

Ils se mettent à errer, espérant qu'au détour d'un bosquet ils tomberont sur une statue de Louis XIV qu'ils n'auraient pas repérée.

Et, alors qu'ils longent pour la troisième fois un grand bassin au centre duquel figure un groupe de statues dorées : un attelage de quatre chevaux tirant un char conduit par un jeune homme, Zoé demande :

— Qui c'est, le jeune homme ?

— Ce n'est pas un jeune homme, c'est un dieu. C'est A... commence Stéphane, puis il s'interrompt, la bouche ouverte, sans terminer sa phrase.

Dans ses yeux passe un éclair.

Mais Zoé a compris. Elle se souvient de la visite qu'Anis et elle ont faite avec Émilie.

— C'est Apollon, le dieu grec du Soleil, n'est-ce pas ? demande-t-elle à Stéphane.

— Oui.

Ils se regardent. Ils en sont sûrs : ils viennent d'identifier leur statue.

Qui va patauger au milieu de ce grand bassin pour chercher l'endroit où l'amie de la reine a pu cacher sa réponse ?

Anis se dévoue.

Des promeneurs le regardent, étonnés, tandis qu'il tend ses chaussures et ses chaussettes à Zoé et saute dans l'eau. Il est en train d'étudier la première statue de cheval quand un long sifflet retentit.

Au secours ! Voilà le gardien de tout à l'heure ! Ils s'enfuient, telle une volée de moineaux, suivis d'Anis, pieds nus, dégoulinant.

Coup de bol, le gardien ne court pas très vite. Ils parviennent à lui échapper et se cachent en riant derrière un buisson.

—Quel dommage que tu n'aies pas eu le temps de mieux chercher... dit Marin. Je suis sûr que c'était le bon endroit!

—Mais je l'ai, regardez! répond Anis.

Il tient dans sa main un petit cylindre de plomb, fermé par un couvercle!

Impatient, Stéphane le lui prend des mains et s'apprête à l'ouvrir. Vadim, Marin, Zoé et Anis ont eux aussi hâte de découvrir son contenu. Mais Aya pose sa main sur la main de Stéphane:

—Non. On ne l'ouvre pas maintenant, pas sans Anneliese. C'est son médaillon qui nous a mis sur la piste du trésor. C'est donc à Anneliese d'ouvrir ce tube et de regarder ce qu'il contient.

Stéphane s'apprête à argumenter, mais voyant dans les regards des autres qu'elle a réussi à les convaincre, il se tait.

CHAPITRE 10

LE RÊVE D'AGLAÉ

— Alors ? demandent les enfants et Stéphane quand ils rejoignent Anneliese.

— Alors ? demande Anneliese quand elle les rejoint.

— Toi d'abord ! s'écrient ceux-ci.

Anneliese et Rossignol n'ont pas remporté de médaille aujourd'hui. Leurs chances étaient assez minces. Mais ils sont arrivés à la septième place, n'est-ce pas incroyable ? N'est-ce pas merveilleux ?

— Et vous ?

— Nous, on a trouvé ce qui se cachait aux pieds du soleil ! dit Stéphane, en lui présentant le cylindre de plomb. On t'a attendue pour l'ouvrir avec toi.

—En fait, tu peux remercier Aya, lui chuchote Zoé. C'est elle qui a dit que c'était à toi que revenait l'honneur de l'ouvrir.

—Merci, Aya, dit simplement Anneliese.

Anneliese ôte le bouchon qui ferme le tube et en sort un petit rouleau. Elle le déroule. Ils retiennent leur souffle. D'un côté, c'est une lettre codée, comme la première, signée par une certaine Aglaé. Ils ne sont pas longs à repérer le rond sous le «g». De l'autre, c'est un plan marqué d'une croix. Ils le regarderont après.

Ils savent désormais que G = 1, H = 2, I = 3... Chacun se charge de décrypter quelques lignes et ainsi, en unissant leurs forces, ils décodent la lettre.

Anneliese rassemble les sept parties décryptées et lit la traduction.

Majesté,

Vous ne pouvez imaginer combien j'ai été touchée de recevoir le médaillon jumeau du vôtre et que vous me confiiez une mission d'une si grande importance.

Je l'ai remplie du mieux que je pouvais et je crois que vous serez satisfaite.

On raconte que l'on vous a emprisonnée à la prison du Temple et que le roi, vos enfants et vous-même êtes en grand danger.

Pourvu que vous parveniez à vous échapper… C'est tout ce que mon cœur espère.

Je sais que vous reconnaîtrez le plan de ce lieu où vous avez été si heureuse. Vous y trouverez le nécessaire pour rejoindre votre trésor.

Pour ouvrir le mécanisme, placez votre médaillon à l'endroit marqué par la croix.

En ces temps troublés, il vaut mieux prendre quelques précautions pour que rien ne tombe en de mauvaises mains…

C'est le matin, je regarde par la fenêtre et je rêve de ce jour — proche, je le sens, je le sais – où je verrai votre voiture arriver au bout de l'allée. Tout est prêt pour vous accueillir. Nous vous attendons.

Et moi, Majesté, je suis toujours votre très humble servante et, j'ose l'écrire, votre amie dévouée.

Aglaé

Ils restent silencieux.

Le rêve d'Aglaé ne s'est pas réalisé. La voiture de la reine n'a jamais descendu son allée. Marie-Antoinette n'a jamais lu ces mots.

Cela fait deux siècles et demi que le message attendait, dissimulé dans son tuyau de plomb, et ils sont les premiers à le lire.

Ils retournent la lettre et regardent le plan qui figure à son dos.

C'est un entrelacs de lignes tracées avec beaucoup de précision. Au centre, il y a sept cercles imbriqués les uns dans les autres. Ils sont entourés par un motif formé de onze lignes de losanges. Enfin, douze petits ronds sont répartis régulièrement autour de ce motif de losanges.

— Stéphane, tu as une idée de ce que ça représente ? demande Anis, plein d'espoir.

— Absolument aucune, avoue Stéphane, la mine piteuse.

La croix est placée très exactement au centre du premier cercle. C'est donc là qu'il faut placer le médaillon pour ouvrir le mécanisme. Sauf qu'ils ne l'ont plus ! Le voleur a été bien inspiré de le leur voler !

Marin leur a dit il n'y a pas si longtemps que le voleur disposait peut-être d'informations dont ils ne disposent pas eux-mêmes. C'est probablement vrai. Ils en prennent pleinement conscience maintenant.

S'ils ne découvrent pas rapidement l'identité du voleur et ne lui reprennent pas le bijou, ils ne pourront pas trouver le trésor de Versailles !

Pour couronner le tout, quelqu'un les attend dans le hall de leur immeuble lorsqu'ils rentrent au village paralympique.

— Ce n'est pas… ? demande Zoé quand elle aperçoit un homme qui, assis dans un fauteuil, les scrute, l'air furieux, elle et ses camarades.

Elle se tourne vers Vadim. Immobile, lui aussi l'a vu…

L'homme se lève, suivi par une femme qui était assise un peu en retrait. Ils s'approchent d'eux, et l'homme dit d'un ton sec à Vadim :

— Toi, suis-moi. Il faut qu'on parle.

Puis il sort de l'immeuble sans se retourner, suivi par Vadim qui obéit sans un mot et la femme qui ferme la marche.

—Qui c'était? demande Marin, stupéfait.

—Maxime Hervet, répond Zoé.

—Le présentateur de *Match*, précise Anis.

—Le père de Vadim, explique Aya. Et sa mère probablement.

—Ils n'avaient pas l'air contents... dit Marin.

—Tu le serais, toi, si ton fils te mentait depuis des semaines en te racontant qu'il est en vacances en Grèce ou chez son autre parent, et qu'en réalité il se balade tranquillement dans Paris avec ses copains? demande Aya.

Inquiets pour leur camarade, les enfants montent dans leur chambre et bien qu'ils soient affamés et que ce soit largement l'heure d'aller dîner, ils attendent, espérant que Vadim ne tardera pas.

C'est effectivement ce qui se produit. Vadim revient, les yeux rougis d'avoir pleuré. Sans un mot, il prend sa valise, ouvre le placard et range ses affaires.

Comprenant que Vadim a été puni de la façon la plus sévère qui soit, ils se mettent tous à parler.

— Tu ne repars quand même pas ? (Marin)

— Ce n'est pas possible ! (Anis)

— On a besoin de toi ! (Zoé)

— Tu es notre ami. (Aya)

— Et puis on doit retrouver le trésor de Versailles. (Marin)

— En plus, tu es le rédacteur en chef de notre numéro spécial Paris 2024. (Zoé)

— Et on n'a pas encore terminé de voir toutes les épreuves des Jeux Paralympiques. (Aya)

— Dis-nous que tu vas revenir… (Anis)

Ils répètent en chœur :

— Dis-nous que tu vas revenir…

— Non, je ne reviendrai pas, finit par dire Vadim. Mon père a découvert que je lui avais menti parce qu'on a été filmés dans les gradins avec Aya quand on est allés voir le match de cécifoot. Il a appelé ma mère. Tous les deux, ils ont fouillé ma chambre et ils ont déniché un courrier du magazine *Bingo !* que j'avais laissé traîner. Je dois rentrer chez moi.

En étouffant un pleur, il dit: C'était chouette de vous rencontrer, les copains. J'espère qu'on se reverra.

— Tu as essayé de leur parler de notre numéro spécial Paris 2024? demande Zoé. Je suis sûre que ton père, qui est journaliste, peut comprendre que c'est important.

— Je n'ai rien essayé du tout. J'ai trahi leur confiance et je mérite d'être puni…

Zoé, Aya, Marin et Anis prennent Vadim dans leurs bras et l'embrassent pour lui dire au revoir. Se reverront-ils un jour?

La journée se termine bien tristement…

La bande n'a jamais été si découragée depuis le début de cette aventure, depuis le début des Jeux Olympiques et Paralympiques. Jusque-là, à chaque instant, ils ont toujours eu une lueur d'espoir. Là, ils n'en ont plus.

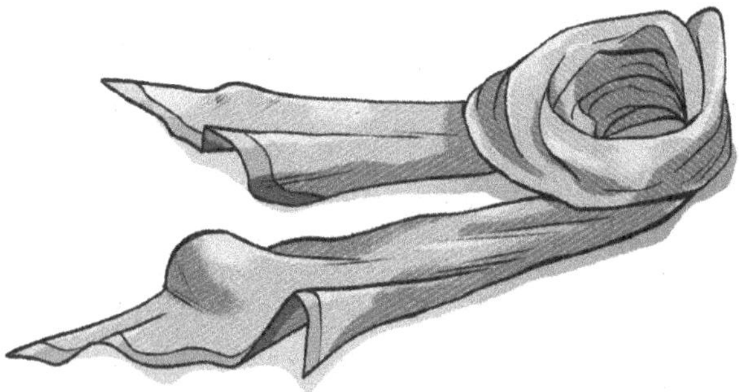

CHAPITRE 11

LA CAVERNE D'ALI BABA

Le lendemain, Stéphane a invité Anneliese et les enfants à venir travailler chez lui. Ils ont prévu de faire des recherches dans sa bibliothèque pour découvrir le lieu qu'a reproduit Aglaé sur la carte. Stéphane a des milliers de livres sur Versailles, des plans, des dessins…

Il habite à Paris, sur l'île Saint-Louis, tout près de la cathédrale Notre-Dame.

— Que c'est beau… s'émerveille Zoé alors qu'ils traversent la Seine pour rejoindre l'île.

— Que c'est beau… observe-t-elle encore tandis qu'ils se rapprochent de Notre-Dame.

— Que c'est beau... dit-elle en levant la tête pour regarder l'immeuble de Stéphane. Je ne connais personne qui habite dans une maison aussi vieille... Elle a bien...

— ... quatre cents ans, répond Marin.

— Tant que ça !

— Que c'est... s'exclame Zoé au moment où ils entrent dans l'appartement de Stéphane.

— ... beau ! termine la bande qui commence à connaître la chanson.

Et c'est vrai ! L'appartement est à la pointe de l'île comme à la proue d'un bateau et des fenêtres on voit, de l'autre côté du pont, Notre-Dame surgir de l'eau.

Tout semble si précieux que les enfants sont intimidés. Ils osent à peine bouger, à peine s'asseoir, à peine parler.

— Chez toi, on se croirait dans la caverne d'Ali Baba ! observe Zoé.

Elle n'a pas tort. C'est un amoncellement de meubles dorés, de tableaux, de soieries, de porcelaines, de bibelots précieux... qui semblent tout droit surgis des appartements de la reine Marie-Antoinette à Versailles. C'est peut-être le cas d'ailleurs : sur une boiserie, Anis distingue les lettres « MA » entrelacées et surmontées d'une couronne. Il y en a trop. Ça s'empile, ça s'entasse, ça déborde.

— Pauvre Vadim ! s'exclame Stéphane quand ils lui racontent toute l'histoire, puis il poursuit : C'est dommage, mais, même si nous ne sommes plus que six, nous devrions quand même trouver la solution rapidement.

Ils se rendent dans la bibliothèque, s'asseyent autour de la grande table de travail sur laquelle Stéphane a déjà préparé toutes sortes de livres et s'attellent à la tâche.

Ils ont placé entre eux le plan dessiné par Aglaé pour la reine.

Ils tournent les pages à la recherche d'une image qui reproduirait ce motif de cercles et de losanges.

Marin, si sérieux d'habitude, ne parvient pas à se concentrer. Les pensées vagabondent dans sa tête. Quelque chose le perturbe, mais quoi ? Il ne le sait pas. C'est une simple impression. Quelque chose qu'il a vu ou une phrase que l'un d'eux a dite depuis qu'ils sont entrés dans l'appartement.

Il finit par se lever sans rien dire.

— Tu vas où ? chuchote Aya.

— Aux toilettes, répond Marin sur le même ton.

Les autres ne remarquent même pas qu'il se lève.

Il revient dans le salon, regarde autour de lui, reconstitue leurs faits et gestes. Il remonte le fil de ses pensées.

C'est une phrase que Zoé a dite. Elle a prononcée que c'était beau plusieurs fois ce matin et puis elle a dit autre chose. Il sent qu'il est sur la bonne voie… Elle a parlé d'Ali Baba… Oui, c'est ça ! Elle a dit : « On se croirait dans la caverne d'Ali Baba ! »

Mais pourquoi cette phrase lui trotte-t-elle ainsi dans la tête ? Qu'est-ce que cette phrase a de si spécial ? Ali Baba, la caverne d'Ali Baba…

Soudain, il comprend.

Les trésors de la caverne d'Ali Baba n'ont pas été acquis honnêtement. Ce sont les quarante voleurs qui les ont volés et les ont accumulés dans la caverne…

Marin commence à fureter. Il ne sait pas très bien ce qu'il cherche. Scrutant le moindre détail, il fait le tour de la pièce. Du salon, il passe ensuite dans la salle à manger. Puis il poursuit son chemin. Dans la cuisine, il croise une dame aux cheveux gris qui est en train de couper du pain.

— Bonjour, Madame, dit-il poliment avant de ressortir. J'ai dû me tromper, je cherche les toilettes.

— C'est au bout du couloir, lui dit la vieille dame avec un gentil sourire. Tu ne peux pas te tromper.

Mais il se trompe… Et plutôt deux fois qu'une ! Il entre d'abord dans ce qui doit être la chambre de Stéphane. « Que c'est beau… », pense-t-il, amusé, en songeant à Zoé. Il farfouille, ouvre les tiroirs de deux minuscules guéridons et retourne même le portrait de Marie-Antoinette qui surmonte le lit.

Il avise une porte, dissimulée dans le mur de la chambre, en tous points semblable à la porte au château de Versailles qui mène de la chambre de la reine à ses appartements privés. Il a failli ne pas la voir !

La pièce est petite. Trois des murs sont recouverts de penderies fermées par des portes. Il est dans la garde-robe de Stéphane. Marin ouvre la porte la plus proche : des vestes et des pantalons impeccablement pliés pendent à intervalles réguliers. La porte suivante lui dévoile des chemises parfaitement repassées, la suivante des piles de pulls rangés par couleurs, celle d'à côté des cravates et des foulards par dizaines. Il la referme… et puis la rouvre, s'empare d'un foulard, le déplie. Il ressemble beaucoup au foulard que le voleur a perdu lorsqu'il a volé le médaillon… C'est tout à fait le même genre !

À ce moment, il entend la voix de Stéphane derrière lui :

— Qu'est-ce que tu fais ?

Marin sursaute, pris en faute. Zut ! Il ne l'avait pas entendu venir.

— Je… je cherchais les toilettes, mais ce n'est apparemment pas ici.

— Non, effectivement ! dit Stéphane d'une voix coupante comme de l'acier. C'est par là.

Et il montre le bout du couloir.

Marin passe devant lui et Stéphane referme la porte d'un coup sec.

Marin sent son regard qui le transperce tandis qu'il parcourt les quelques mètres jusqu'à la porte des toilettes.

Il fait pipi, puis se lave soigneusement les mains en regardant autour de lui. Sur une étagère, quelques médicaments parmi lesquels il reconnaît un emballage en carton, sur lequel il y a marqué « comprimés pour inhalations ». Sa mère lui fait respirer ce produit quand il est malade. Ça dégage le nez, dit-elle. Il n'aime pas ça : après, ses vêtements sont toujours imprégnés d'une forte odeur de plantes.

Et si c'était la même odeur qu'Anneliese avait sentie la nuit où le voleur s'est introduit dans sa chambre ?

Marin ressort des toilettes, l'air aussi détendu que possible.

— Madame Camus a fini de préparer le déjeuner, lui dit Stéphane qui l'a attendu devant la porte des toilettes, d'une voix de nouveau aimable. Nous pouvons passer à table. Aimes-tu les carottes ? Madame Camus est un fin cordon bleu. Elle nous a préparé un bœuf aux carottes dont tu me diras des nouvelles.

— Je vais vous aider, Madame, propose Marin un peu plus tard alors que la vieille dame vient pour desservir à la fin du plus succulent repas de tous les temps.

Anneliese et les autres enfants se lèvent :

— Nous aussi, nous allons vous aider.

— Laissez, les enfants, laissez ! La cuisine est petite.

— Restez là, les copains ! On ne tiendra pas tous dans la cuisine. Je m'occupe de tout avec Madame Camus, dit Marin en saisissant un plat d'un air décidé.

Après quelques allers-retours entre la salle à manger et la cuisine, alors qu'ils remplissent tous les deux le lave-vaisselle en papotant, la vieille dame demande :

— Vous le connaissez d'où, Monsieur Renoud ?

— C'est une longue histoire ! On devait être à la même table que lui à un dîner à Versailles il y a quelques jours, il n'a pas pu venir parce qu'il était malade. Et puis, on a quand même fini par le rencontrer.

— Ah, oui, je vois, c'était jeudi dernier. Il était vraiment malade, ce soir-là, le pauvre… Il se sentait tellement mal qu'il n'a rien pu avaler. Je lui ai préparé un mélange de plantes à inhaler, un truc qui sentait les plantes à plein nez.

Il a fait une inhalation ce soir-là !

Marin tente :

— Ça a dû lui faire du bien vu qu'il est quand même sorti un peu plus tard. Il est sorti, non ?

— Je n'en ai aucune idée ! Peut-être ! Je ne vis pas ici, moi. Je fais juste la cuisine, dit la vieille dame.

Peut-être que Madame Camus ne sait pas si Stéphane est sorti cette nuit-là. Pourtant, comme deux et deux font quatre, Marin, lui, en est sûr : Stéphane est ressorti, il est le voleur du médaillon !

Quand il revient dans la salle à manger, Stéphane lui dit :

— C'était gentil de ta part d'aider Madame Camus à débarrasser ! Elle a dû apprécier.

On ne la fait plus à Marin. Maintenant qu'il a compris qui est véritablement Stéphane, il entend le côté faux de cette voix trop mielleuse pour être honnête.

CHAPITRE 12

UN E-MAIL ET UNE EMPREINTE

Après le déjeuner, ils replongent leur nez dans les livres et les vieux grimoires de Stéphane. Marin aimerait dire à ses amis et à Anneliese ce qu'il a découvert, mais il doit patienter. Il fait des sourires hypocrites à Stéphane pour que celui-ci ne se doute pas qu'il a été démasqué. Il pense : « Tu t'es moqué de nous, hein ! Mais on t'aura ! Rira bien qui rira le dernier... »

Les enquêteurs n'ont pas plus de succès que le matin. Ils ne voient nulle part cet étrange motif de cercles et de losanges.

Enfin ! L'après-midi touche à sa fin. Ils sont à peine sortis de l'immeuble que Marin s'écrie :

— C'est Stéphane ! C'est lui, le voleur !

Et il se met à raconter ses histoires d'Ali Baba, de quarante voleurs, de foulard et d'inhalation.

Pour Marin, c'est comme un jeu de construction : les indices, même s'ils semblent anodins, trouvent chacun leur place et s'imbriquent parfaitement. Il s'attendait à ce que tout le monde en soit aussi convaincu que lui. Ce n'est pas le cas.

Ni Anneliese ni aucun de ses amis n'y croient : Stéphane est tellement sympa ! Comment peut-il imaginer une chose pareille ?

Mais c'est surtout Aya qui n'est pas d'accord avec lui. Et elle a un excellent argument pour contrer Marin :

— Ça ne colle pas. La première tentative de vol a eu lieu le soir du dîner à Versailles quand Stéphane était malade dans son lit. Il n'était même pas au courant du médaillon d'Anneliese à ce moment-là. Je te rappelle que c'est nous qui lui avons parlé du médaillon la première fois et c'était après la première tentative de vol.

Marin semble douter une seconde, puis il se reprend. Il est sûr de lui !

— Je ne sais pas comment il était au courant du médaillon, mais il l'était. D'une manière ou d'une autre, le soir même du dîner, il a découvert qu'Anneliese portait ce bijou. Je te le prouverai ! Et si Vadim était là, il serait d'accord avec moi !

Depuis ce matin, ils ressentent cruellement l'absence de Vadim. Il manque à chacun pour des tas de raisons différentes. Marin regrette Vadim le raisonnable, Aya regrette l'ami sans qui leur bande semble bien incomplète, Anis regrette le capitaine, le chef de bande. À Zoé, qui est sans doute celle qui a noué les liens les plus profonds avec lui, il manque un peu comme un grand frère.

Zoé, justement, leur dit :

— Je vais monter dans la chambre. Allez dîner sans moi.

— Tu es folle ! s'exclame Anis, qui est toujours affamé. Tu ne vas pas sauter le dîner !

Mais Zoé part quand même.

— Laisse-la, lui dit Aya. Elle est triste... Elle a besoin d'être seule.

Anneliese la suit. Ils la verront peu pendant les jours à venir. Elle doit se consacrer à ses entraînements et à sa dernière épreuve.

— J'ai rendez-vous avec mon entraîneur. On se voit plus tard ! Passez une bonne fin de journée ! Aya, j'ai remarqué combien tu te plaisais avec Rossignol la dernière fois. Ça te dirait de venir ? Tu pourras rester avec lui pendant que je parle avec mon entraîneur…

— Oh oui ! répond Aya. Vous ne m'en voudrez pas, les garçons, si je vous laisse moi aussi ? J'ai très envie d'aller voir Rossignol…

Il ne reste plus que Marin et Anis, mais Marin dit :

— Je vais faire un tour.

Et il laisse Anis en plan !

En réalité, Marin ne va pas faire un tour. Il va téléphoner à Émilie. Il veut lui demander si Stéphane aurait pu apprendre l'existence du médaillon le soir même du dîner.

Mais il n'a pas le temps de lui poser la question.

— Salut, Marin. J'allais vous appeler. J'ai la liste des invités au dîner que vous m'aviez demandée.

Il ne le lui dit pas, mais la liste lui était complètement

sortie de la tête. Et puis il s'en fiche maintenant qu'il sait qui est le voleur...

— Et vous l'avez aussi ! poursuit Émilie. Quand il a envoyé les photos, le photographe de la soirée les a envoyées à tout le monde. On accède ainsi à la liste des invités.

Marin comprend qu'Émilie est en train de lui dévoiler une information très importante.

— Est-ce que Stéphane, même s'il n'est pas venu à la soirée, a reçu les photos ? demande-t-il.

— C'est drôle que tu poses la question. J'ai effectivement vu son nom parmi les destinataires de l'e-mail.

— Une dernière question, Émilie. Peux-tu vérifier si on voit le médaillon d'Anneliese sur son portrait ?

— Je peux te répondre tout de suite. Je l'ai remarqué quand j'ai regardé les photos. On le voit très bien.

Marin sait désormais comment les choses se sont déroulées.

À la fin de la soirée, le photographe adresse les photos à tous les invités. Du fond de son lit où il est malade, Stéphane les reçoit et les regarde par curiosité. Il voit la photo d'Anneliese portant son médaillon. Sans doute a-t-il déjà entendu parler de ce bijou, il ne faut pas oublier qu'il est un expert de Marie-Antoinette : il sait probablement qu'il contient un message de la reine, il sait peut-être qu'il renferme des informations à propos du trésor de Versailles. Aussitôt, il se précipite au château, il reconnaît Anneliese, la suit, repère sa chambre. Puis il tente de voler le médaillon pendant la nuit.

Oui, c'est sans doute ainsi que se sont déroulées les choses...

Mais ses amis le croiront-ils ? Ce ne sont que des hypothèses. Il n'a aucune preuve de la culpabilité de Stéphane.

Il lui faut une preuve...

Après une longue conversation avec son entraîneur, Anneliese vient rejoindre Aya et Rossignol qu'elle a laissés ensemble pendant ce temps. Elle les trouve face à face. Rossignol a baissé sa tête pour être au niveau d'Aya. Ils semblent se parler. De loin, elle les regarde. Aya raconte à Rossignol d'un air animé :

—Alors Anis a pris son élan et il s'est jeté sur lui. L'autre, sous le choc, est tombé. Anis s'est couché sur son dos pour le bloquer et il a crié : « Je l'ai eu ! Youhou ! Eh, les copains, je l'ai eu ! » Ce n'est qu'à ce moment qu'il s'est rendu compte qu'on n'était pas là et que des dizaines de spectateurs le regardaient... Oh j'aurais bien aimé voir ça ! Pas toi ?

Rossignol hoche la tête.

Anneliese s'étonne de la proximité qu'elle sent entre eux. Rossignol est toujours amical, mais il n'y a qu'avec elle-même qu'il a établi un tel contact et elle, il lui a fallu des années, toute la vie de Rossignol à vrai dire, pour y parvenir.

—Tu veux essayer de le monter ? demande-t-elle.

—Oui, dit Aya.

Anneliese appelle son entraîneur pour qu'il installe Aya sur le dos de Rossignol. Ce n'est pas facile quand on est handicapé. Ils s'attendent à ce qu'Aya manifeste de la peur. Elle rayonne.

Rossignol fait le tour du manège au pas.

—Elle te ressemble, commente l'entraîneur en se tournant vers Anneliese.

Elle a l'air tellement heureuse, songe Anneliese en la regardant.

Après avoir attendu en vain le retour de ses copains, Anis est allé dîner seul au restaurant du village paralympique. Les pensées vagabondent dans sa tête. Rien ne va plus décidément... Voilà Vadim qui est parti, Zoé qui est triste, Aya qui préfère la compagnie de Rossignol, Marin qui est vexé... Anis mange un croque-monsieur. Normalement, il adore les croque-monsieur, mais là, sans ses amis, ça manque curieusement de goût... Il se remémore le visage attristé de Marin n'arrivant pas à convaincre leur bande que Stéphane est le voleur.

Soudain... il a une illumination ! Ils ont une empreinte du voleur ! C'est même lui qui l'a relevée au péril de sa vie.

Abandonnant son croque-monsieur en route, il file voir Anneliese et lui emprunte son médaillon. Stéphane l'a touché cette après-midi ! Il y aura ses empreintes dessus !

Il remonte dans la chambre, y retrouve Aya et Marin (« Zoé n'est pas là ? ») et leur dévoile son plan.

Tous les trois, ils relèvent les empreintes sur le médaillon et découvrent une empreinte magnifique! Ils n'ont plus qu'à comparer avec l'empreinte qu'Anis avait relevée.

Au moment où ils se penchent sur les deux empreintes, la porte de la chambre s'ouvre. La voix joyeuse de Zoé retentit.

— Coucou, c'est nous!

Elle est allée sur le plateau de tournage de l'émission *Match*, a réussi à s'approcher de Maxime Hervet et a plaidé la cause de Vadim. Et le voilà!

En plus, elle a réussi à décrocher une interview de Maxime Hervet pour leur numéro spécial de *Bingo!*.

— Ce que je ne comprends pas, c'est ce que tu as pu dire à mon père pour le faire changer d'avis et qu'il m'autorise à revenir parmi vous... s'étonne Vadim.

— Ça, c'est un secret! lui répond la petite fille. Tu n'es pas heureux?

Les sourires sont revenus sur leurs visages. Ils se penchent sur les empreintes: celle du voleur et celle de Stéphane. Il n'y a pas l'ombre d'un doute.

Elles sont identiques. Stéphane, celui qu'il pensait être leur ami, est le voleur !

CHAPITRE 13

DOUBLE JEU

Cette nuit-là, les cinq enfants ne dorment pas beaucoup. Ils tiennent un conseil de guerre... Sans Anneliese malheureusement. Ils n'osent pas aller réveiller leur amie. Sa dernière épreuve approche et elle a besoin de toutes ses forces et de toute sa concentration.

Vadim ouvre la séance.

— Nous avons un objectif, dit-il : trouver le trésor.

— Pour cela, il nous faut être plus rapides que Stéphane et repérer l'emplacement du trésor avant lui, dit Marin.

— Il nous faut aussi récupérer le médaillon qu'il a volé et sans lequel nous ne pouvons pas accéder au trésor, dit Zoé.

Au petit matin, ils ont élaboré une stratégie. Certes, elle semble risquée, mais ils n'en ont pas d'autre.

— Je récapitule, dit Aya. On fait comme si de rien n'était avec Stéphane. Il ne doit pas se douter que nous savons qui il est réellement. On repère l'emplacement du trésor avant lui. On le lui dévoile volontairement. On lui tend un piège et on attend que, médaillon en main, il aille s'emparer du trésor. Et là…

— On l'attrape ! conclut Anis.

— Mais… proteste Marin, pour qui ce plan est trop audacieux, que se passera-t-il si c'est lui qui trouve l'emplacement du trésor avant nous ? Ou bien si nous lui dévoilons l'emplacement du trésor et qu'il arrive à échapper à notre piège et à prendre le trésor ?

— Là, c'est la catastrophe, on en est tous conscients, répond Zoé. Il met la main sur le trésor et nous, on n'a plus que nos yeux pour pleurer… Malgré tout, c'est un risque à courir, non ?

Les cinq amis se regardent et acquiescent.

Le lendemain, les enfants jouent un double jeu risqué. Ils rejoignent Stéphane chez lui pour continuer leur quête du lieu qu'Aglaé a dessiné sur son plan.

Si Stéphane ne regarde que Vadim, Marin, Zoé et Anis, pas une seconde il ne peut se douter qu'ils ont découvert qu'il est le voleur du médaillon. Ce sont de sacrés comédiens ! En arrivant, Vadim et Marin lui serrent la main. Zoé l'embrasse sur les deux joues comme elle en avait pris l'habitude. Quant à Anis, il y va franchement. Il gagne la palme du meilleur menteur ! Il propose à Stéphane :

— Ça te dira qu'on aille faire du skateboard un jour quand on aura découvert le trésor ? Ça serait chouette, non ?

Stéphane répond :

— Quelle bonne idée ! J'apporterai le goûter. J'ai remarqué que vous aimiez beaucoup le gâteau au chocolat de Madame Camus. Je lui demanderai d'en faire un rien que pour vous.

Pour ce qui est d'Aya, elle n'est pas aussi bonne comédienne que ses camarades... Elle est même complètement nulle.

Quand elle entend la proposition d'Anis, elle ne peut pas s'empêcher de faire de gros yeux horrifiés. Par chance, Stéphane ne l'a pas vue !

Alors qu'il a le dos tourné, Marin fait un grand sourire à Aya en le soulignant d'un mouvement de son index, qui veut dire : « Souris ! »

Elle tente une espèce de sourire forcé qui se plaque sur son visage. À cent kilomètres, on voit qu'il est faux.

Marin fait une grimace pour lui montrer que : « Non, ça ne va pas du tout ! »

Puis il dit :

— T'as encore mal à la tête, Aya ?

— Oh oui, c'est l'horreur, dit-elle, comprenant où il veut en venir. Et ça risque de durer. Il ne faudra pas m'en vouloir si je ne suis pas tout à fait dans mon état normal aujourd'hui…

Après ça, elle n'a plus besoin de se forcer. Elle peut continuer à tirer la tête tranquillement !

Aux côtés de Stéphane, dans sa bibliothèque, ils cherchent à identifier ce lieu où Marie-Antoinette a été si heureuse et qu'Aglaé a représenté sur son plan à travers ce dessin compliqué de cercles et de losanges.

Marin surveille Stéphane du coin de l'œil. Il épie les expressions de son visage tandis qu'il étudie plans, gravures et livres… S'il trouvait, son visage le trahirait forcément, se dit Marin.

Mais cette surveillance n'est pas utile. Car à la fin d'une longue journée de recherche, c'est sur un autre visage, celui d'Aya, qu'un sourire apparaît. Aussitôt, elle retient ce sourire et tourne la page. Elle fait mine de continuer à parcourir le livre, attentive et vaguement ennuyée.

À un moment où Stéphane sort de la pièce quelques minutes, comme les cinq enfants en sont convenus, elle se lève doucement et glisse le livre contenant la solution de l'énigme en haut de la pile de livres qui restent à étudier. Puis elle regagne sa place sur la pointe des pieds. Les cinq enfants se font des sourires entendus.

Lorsque Stéphane revient dans la pièce, ils semblent plus concentrés que jamais. Ils attendent tous qu'il saisisse le livre posé par Aya.

C'est bon, il l'a pris ! Il commence à tourner les pages. Il arrive à la même page qu'Aya, celle qui a mis un sourire sur ses lèvres. Et lui aussi, un sourire apparaît sur ses lèvres. Comme Aya avant lui, il retient son sourire et tourne la page pour ne pas attirer l'attention.

Quelques instants plus tard, Zoé bâille. Une fois. Deux fois. Trois fois.

— On y va ? finit-elle par demander.

— Déjà ? demande Aya, l'air innocent.

Encore un peu et elle se mettra à mentir aussi bien que ses copains !

— Tu vas continuer à travailler sans nous ? lui demande Marin.

— Oui, je pense, répond Stéphane.

— Tu nous appelles, hein, si tu découvres quelque chose ? demande Anis.

— Évidemment, répond Stéphane, faux jeton.

Lorsqu'ils ressortent, Zoé, Anis, Vadim et Marin regardent Aya.

— Alors ? Quel est cet endroit mystérieux ? demandent-ils.

— C'est le temple de l'Amour dans les jardins du Petit Trianon, répond Aya. Le plan d'Aglaé représente le motif formé par les carreaux du sol.

La première étape de leur plan est terminée. Ils peuvent passer à la deuxième.

Sur le chemin du retour, Vadim interroge Zoé :

— Tu ne veux vraiment pas me dire ce que tu as dit à mon père ? Normalement, après un aussi gros mensonge, mes parents ne m'auraient jamais autorisé à revenir aux Jeux Paralympiques.

— Non, c'est un secret !

— Allez…

— Non !

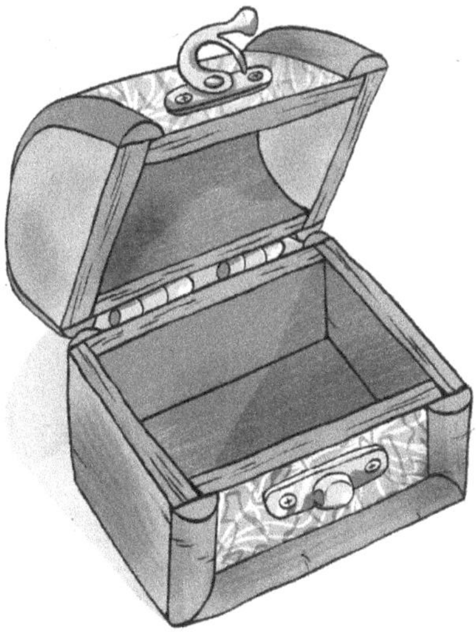

CHAPITRE 14

PIÈGE À TRIANON

C'est une nuit sans lune, sans étoiles. Il n'y a pas une lumière aux alentours pour percer le noir d'encre de cette nuit et la réchauffer, la rendre un peu plus rassurante… Ils sont tous à leurs postes, immobiles comme des statues, dissimulés dans l'ombre. Il y a là Vadim, Aya, Marin, Zoé et Anis. Il y a aussi Anneliese, Elewisa, Mathias, Ibrahim, Moussa et Émilie.

Ils ne sont séparés que de quelques mètres les uns des autres, mais, dans cette obscurité, chacun se sent seul, perdu. Les feuilles bruissent dans les arbres. Le sous-bois craque. Un hululement résonne. Hou hou hou…

Sous l'effet de l'attente, de la peur, leurs cœurs battent plus fort, si fort qu'ils ont l'impression qu'ils n'entendront pas ses pas lorsqu'il viendra.

Les heures s'écoulent, goutte après goutte. Leurs yeux se font aux ténèbres. La silhouette blanche, floue, du temple leur apparaît sur la petite île, tel un fantôme flottant dans les airs. Ils sentent leurs jambes qui s'engourdissent à force d'attendre, recroquevillés. Anis s'endort, puis se réveille en sursaut, convaincu que le voleur s'est emparé du trésor pendant qu'il dormait au lieu de monter la garde. Il regarde sa montre. Seules quelques secondes se sont écoulées…

Stéphane viendra-t-il ? Pourquoi n'est-il pas encore venu ? Peut-être ont-ils rêvé le sourire sur ses lèvres ? Peut-être Aya s'est-elle trompée ? Peut-être le trésor est-il à un tout autre endroit ?

Les uns après les autres, ils cessent de croire qu'il viendra. Aya est la dernière qui l'attend encore. Puis elle aussi se met à douter.

Un crissement retentit, un autre. Quelqu'un approche sur le sentier…

Depuis leurs cachettes, ils devinent sa silhouette sombre qui va jusqu'au temple, précédée d'un halo de lumière, l'entendent qui marche sur les dalles, s'agite, farfouille. Un bruit métallique. Comme des rouages qui se mettent en branle. Un grincement. Comme une très vieille porte qui s'ouvrirait. Une porte qui n'a pas été ouverte depuis... deux siècles et demi. Un trou apparaît dans le sol, presque sous ses pieds. Il se penche, ramasse un objet, dirige sa torche dessus. C'est un coffret. Stéphane pousse une exclamation de joie.

Un cri de Sioux donne le signal! (C'est une idée d'Anis: «Ça lui filera les chocottes!» a-t-il dit quand ils ont imaginé le plan.) Les onze se lèvent et avancent pour refermer le cercle autour de l'île, autour de Stéphane. Il n'a que deux voies pour sortir: les deux ponts.

Il saisit le coffret et s'enfuit. Il part en direction d'Aya et d'Anneliese qui arrivent avant lui et bloquent le premier pont. L'autre pont est déjà fermé par Vadim et Zoé. Il saute dans le ruisseau qui entoure l'île et patauge dans l'eau à mi-mollet pour rejoindre la terre. Dans la panique, il fait tomber sa lampe. On n'y voit plus à un mètre.

Les enfants entendent une course effrénée, une chute, une bagarre.

—Vous l'avez? Vous l'avez? crient-ils en se précipitant en direction du chahut.

Le silence leur répond.

Puis une voix très calme, celle de Moussa, retentit:

—Oui, oui, on l'a!

—Tout est sous contrôle, confirme la voix de Mathias.

Quand ils arrivent auprès d'eux, ils découvrent Stéphane, penaud, fermement tenu par les deux jeunes gens.

—Mon gaillard, tu n'avais aucune chance contre deux aveugles!

—Eh oui, nous, dans la nuit, on voit mieux que toi!

Vadim prend le coffret des mains du voleur et ils se penchent tous au-dessus de lui tandis qu'il l'ouvre. Il n'y a qu'une bourse avec quelques pièces et des papiers. Pas d'or, de pierres précieuses, ni de bijoux comme ils s'y attendaient.

Il ouvre une lettre. Cette fois-ci, elle n'est pas codée.

Majesté,

Si vous êtes arrivée jusqu'ici, c'est que vous avez réussi à fuir votre prison, que vous êtes sauvée !

Il ne vous reste plus qu'à venir nous rejoindre. Ces papiers d'identité vous aideront à franchir la frontière sans encombre. Un excellent faussaire les a confectionnés pour vous et votre famille.

Nous sommes en Autriche, dans un village du nom de Mayr am See.

— Mayr am See ! s'exclame Anneliese, interrompant la lecture de Vadim.

Vous serez étonnée d'apprendre que je me suis mariée. Je m'appelle dorénavant Aglaé von Freuden. Il faut croire qu'en laissant derrière moi mon pays, je perdrais tout, même mon nom…

— Von Freuden ! s'écrie Anneliese.

Ou presque tout plutôt. Car votre médaillon ne me quitte jamais. Je le porte à mon cou. Je le transmettrai un jour à mes enfants et aux enfants de mes enfants.

Trésor est à l'abri comme vous me l'aviez demandé. De là où je suis, je le vois galoper dans le pré, libre et fier. Il sera bientôt père. Un poulain devrait naître dans quelques semaines. De temps en temps, il lève la tête. Il hume l'air.

Il vous attend.

Nous vous attendons.

Votre amie sincère,

Aglaé

— Penser qu'elle n'est pas parvenue à s'échapper, qu'elle n'a jamais lu cette lettre… chuchote Émilie. C'est si triste.

— Le trésor de Versailles n'était fait ni d'or ni de pierres précieuses : c'était un cheval ! s'exclame Stéphane. Ce n'était qu'un cheval. J'ai passé vingt ans de ma vie à chercher un trésor qui n'existait pas.

Anneliese semble perdue dans ses pensées.

— Ça va ? lui demande Aya.

— Je crois que je suis la descendante d'Aglaé, répond celle-ci. Je m'appelle von Freuden, comme elle. J'habite le même village de Mayr am See qu'elle. C'est pour ça que j'ai le médaillon. Et je crois que Rossignol est le descendant de Trésor. Mon arrière-grand-mère avait raison quand elle disait qu'il comptait des chevaux de rois parmi ses ancêtres. Il descendait du cheval préféré de Marie-Antoinette !

Ils se regardent, sous le choc de ces incroyables révélations.

Zoé est la première à reprendre ses esprits :

— Qu'est-ce qu'on fait de lui ? demande-t-elle en désignant Stéphane du menton.

— On appelle le capitaine Merlot[2], répond Anis. Il se fera un plaisir de mettre cette crapule sous les verrous !

Le capitaine Merlot accourt dès qu'ils l'appellent. Il est toujours partant lorsqu'il s'agit d'arrêter des brigands ! Il n'est pas long à découvrir que Stéphane est un voleur d'art international et qu'il a volé

2 Voir le tome 1 d'« Intrigues aux Jeux Olympiques » : *Le Mystère des médailles disparues.*

une bonne part des œuvres se trouvant dans son appartement.

Jeune homme, Stéphane avait découvert par hasard dans une brocante une lettre d'un ami proche de la reine Marie-Antoinette. Il y avait lu cette phrase : « *La reine écrivit ses instructions à propos du trésor et les cacha dans un médaillon sur lequel figurait son portrait en cavalière. Je me chargeai ensuite de transmettre le médaillon à Aglaé.* »

Cela avait été le début de sa quête du trésor de Versailles !

L'arrestation effectuée, les enfants, Anneliese, Elewisa, Mathias, Ibrahim, Moussa et Émilie confient leurs découvertes au château de Versailles. Peut-être qu'un jour les lettres de Marie-Antoinette et d'Aglaé y seront exposées !

ÉPILOGUE

RENDEZ-VOUS DANS... QUATRE ANS !

Quelques jours plus tard, les enfants et leurs nouveaux amis assistent à la dernière épreuve d'Anneliese et Rossignol : l'épreuve libre individuelle. Ils doivent réaliser une chorégraphie en musique !

En attendant leur entrée, au premier rang des gradins, les cinq amis se tiennent par les mains. Ils sont à la fois excités, impatients (ils espèrent qu'Anneliese va gagner !) et un peu tristes, car c'est la dernière épreuve de ces Jeux qu'ils vont voir. Demain, les Jeux Paralympiques se terminent... Déjà !

Les voilà !

Lorsqu'ils passent devant les enfants pour aller saluer le jury, Rossignol fait un clin d'œil à Aya. En réponse, avec ses deux mains, Aya forme un cœur.

Quel cabotin, ce Rossignol ! Il fait un show incroyable. Et Anneliese, quelle cavalière ! Elle est concentrée, rayonnante. Tous les deux, ils dansent en suivant la musique à la perfection. On voit qu'ils s'amusent, qu'ils sont heureux d'être là où ils sont.

Alors, certes, ils ne gagnent pas, pas cette fois-ci, mais Anneliese est décidée à revenir aux Jeux Paralympiques dans quatre ans.

— Et je peux vous assurer que je décrocherai l'or ! leur promet la jeune femme lorsqu'elle les rejoint. N'est-ce pas, Rossignol ?

En guise de réponse, Rossignol hennit.

— Ça veut dire « Oui ! », traduit Anneliese.

Ce sera à Los Angeles aux États-Unis en 2028.

L'ambiance sera différente de celle de ces Jeux de Paris. Il n'y aura pas la Seine, ni la tour Eiffel, ni la place de la Concorde, ni Versailles, mais il y aura l'océan, du soleil et des palmiers, et peut-être même des stars de cinéma, qui sait ? Car les plus grands studios de cinéma américains sont à Los Angeles.

— Et puis il y aura tous ces sportifs incroyables qui nous font rêver, dit Zoé.

— J'ai tellement aimé ces Jeux. J'aimerais déjà être aux prochains ! dit Anneliese.

— Quatre ans passent vite, tu verras, la rassure Vadim. C'est déjà demain !

— Mathématiquement, ce n'est pas tout à fait juste, le reprend Marin pour le taquiner. 4 X 365 =...

Anis interrompt ses calculs :

— Quatre ans, c'est pile ce qu'il me faut pour parfaire mes figures et pour devenir...

— ... le plus jeune champion olympique de tous les temps ! terminent ses amis. Oui, oui, on sait !

— Vous viendrez nous encourager, Anneliese et moi ? demande Anis.

— Bien sûr ! répondent Marin, Aya, Vadim et Zoé. Vous pouvez compter sur nous !

À ce moment, Anneliese dit :

— Je voudrais te faire une proposition, Aya.

Rossignol hennit, l'air de dire : « Hep ! Tu ne m'oublies pas, hein ? »

— Euh… oui, pardon, Rossignol ! Rossignol et moi, nous voudrions te faire une proposition… Tu as un talent avec les chevaux, un talent rare, Rossignol et moi, on en est convaincus. Et tu semblais si heureuse l'autre jour lorsque tu étais avec lui… Donc on voudrait te proposer… Est-ce que ça te plairait de venir vivre en Autriche dans le haras de mes parents ? Tu pourrais aller à l'école dans le village, et puis, Rossignol et moi, on t'apprendrait à monter à cheval.

Le visage d'Aya s'illumine, puis s'éteint.

— Et mes parents ? Et ma sœur ? Je ne peux pas laisser mes parents et ma sœur !

— Tu pourrais les appeler quand tu veux et puis tu rentrerais en France pendant les vacances…

— Je dois d'abord leur en parler… murmure Aya.

Le lendemain…

Ça y est ! La cérémonie de clôture des Jeux

Paralympiques est terminée, les derniers articles sont écrits, la rédactrice en chef de *Bingo !* est venue les saluer et les féliciter de leur travail, ils ont dit au revoir à leurs amis : à Anneliese, à Elewisa et Mathias, à Ibrahim et Moussa, et à Émilie, les valises sont bouclées. Leurs parents vont arriver d'une minute à l'autre. Les cinq enfants essaient de faire bonne figure, mais ils ont le cœur gros à l'idée de se séparer.

On frappe à la porte.

La famille d'Aya est la première à arriver. Sa maman se précipite vers Aya et la serre dans ses bras en répétant en boucle : « Ma fille ! Tu m'as tellement manqué pendant ces dix jours ! »

— C'est pas gagné pour qu'elle parte en Autriche... chuchote Zoé à Vadim.

Voici la mère et le père de Vadim.

— Qu'est-ce que tu fais là, papa ? demande celui-ci, visiblement étonné.

— Ben quoi, un père n'a pas le droit de venir retrouver son fiston ? répond celui-ci en lui ébouriffant les cheveux.

— On voulait te proposer d'aller au restaurant tous les trois, propose sa maman. Sans téléphone portable ni ordi, promis ! Ça te dit ?

Puis c'est au tour des parents de Zoé. Après un gros câlin, trois larmes et trois éclats de rire (tout cela en même temps et avec l'accent du Gers), sans attendre, Zoé se met à leur raconter ses dernières aventures.

La pièce semble de plus en plus étroite tant il y a de monde, mais ce n'est pas fini. Une voix d'enfant résonne :

— Anis !

C'est Amir, son petit frère. Il se jette dans ses bras comme une tornade. Il ressemble exactement à Anis, mêmes minois, mêmes chaussettes, tout pareil, en modèle réduit ! Puis ce sont ses parents qui enlacent leur fils.

Pour finir, ce sont les parents de Marin, qui lui disent :

— On a une surprise pour toi.

Un vieux monsieur entre.

— Papi ! Tu es sorti de l'hôpital !

— Oui, ce matin. Je pourrai au moins dire que j'ai vu le village olympique et paralympique !

Les enfants se disent au revoir. Encore et encore. Mais il faut bien partir. Alors Vadim referme la porte à clé. Ils s'embrassent une dernière fois, se séparent. C'est fini.

Mais quand elle arrive dans la voiture de ses parents, Zoé dit :

— On a oublié de se fixer un rendez-vous pour se revoir avant Los Angeles 2028 !

BONUS

Salut, la fine équipe !

Je ne peux pas écrire un long message car je dois aller m'entraîner, mais je voulais vous dire que vous me manquez trop !

Quand est-ce qu'on se voit ?

Bise.

Anis

P.-S. : Ça y est, je réussis le backflip !!!

Coucou, les copains !

J'espère que vous allez bien.

Je n'oublierai jamais ces Jeux avec vous. On a vécu

tant d'aventures fabuleuses. Et tous ces exploits sportifs auxquels on a assisté ! Tous ces champions qu'on a rencontrés « en vrai » ! C'était incroyable, non ? Quelle chance on a eue !

Il faut que je vous raconte un truc incroyable. Vadim est déjà au courant. Le rêve de ces Jeux continue pour moi. Je vais faire des mini-interviews de 2 minutes dans Match *! Ça s'appellera « L'interview de Zoé ». C'est Maxime (le père de Vadim) qui me l'a proposé. Il dit que je suis une bonne intervieweuse. C'est pas super-cool, ça ? Je vais être journaliste sportive !*

Je rebondis sur la question d'Anis. Que diriez-vous de passer des vacances ensemble ?

Des millions de bisous.

Zoé (votre amie pour la vie)

Bonjour, la meilleure bande de potes de tous les temps !

Je ne vous l'avais pas dit, mais je craignais un peu le retour à la maison. J'avais peur que mes parents soient super-sévères pour me punir de leur avoir menti et d'être allé aux Jeux en me cachant d'eux.

C'est le contraire qui s'est produit. Ma mère n'a plus tout le temps la tête plongée dans son ordinateur. Mon père n'annule plus jamais à la dernière minute quand on doit se voir.

Quand je leur ai demandé pourquoi tout avait changé dans nos vies, ils ont répondu : « Ça, c'est un secret ! » Ce qui est exactement, je m'en souviens très bien, la réponse de mon amie Zoé après qu'elle a plaidé ma cause pour que je puisse terminer l'aventure des Jeux Paralympiques.

Chère Zoé, je ne sais pas ce que tu as pu dire, mais c'étaient des paroles magiques. Merci !

Ça me ferait très plaisir qu'on se retrouve pour les vacances. Que diriez-vous de l'été prochain ? Malheureusement, nous ne pourrons pas revenir dans notre petite chambre du village olympique et paralympique.

Il faut que je vous laisse : on sonne à la porte. C'est mon père.

Je vous embrasse.

Vadim Hervet

Salut !

Aujourd'hui, mercredi, j'avais entraînement de multisports. Eh oui, je me suis inscrit (volontairement !) au multisports !

Ce matin, on avait course. Ça ne vous étonnera pas si je vous dis que je suis arrivé dernier, mais je suis arrivé, c'est le principal, non ? Cette après-midi, il y avait piscine. J'ai fini par réussir au bout d'un long moment à lâcher le bord de la piscine auquel je m'étais agrippé. J'étais hyper-fier de parvenir à dépasser ma peur. Quand je me suis inscrit, mon objectif, c'était de parcourir 50 m avant la fin de l'année. Je sais maintenant que je ferai bien mieux. La course et la natation, ce n'est certainement pas aussi facile que les échecs, mais je me suis surpris à m'amuser.

J'ai raconté et reraconté nos aventures à mon grand-père. Il ne s'en lasse pas. Moi non plus. Je me demande d'ailleurs si je ne vais pas les raconter dans des livres. Sous un faux nom évidemment. La dernière aventure s'appellerait Le trésor de Versailles. *Qu'en pensez-vous ?*

Et pour répondre à vos questions : oh oui alors,

passons des vacances ensemble cet été, mais pas moins de deux semaines, sinon ce sera trop court !

Je vous embrasse.

Marin

Hello, les amis !

Pardon d'avoir tardé à vous écrire. Mais vous allez comprendre pourquoi je ne vous ai pas donné de mes nouvelles plus tôt.

Il s'est produit tant de choses dans ma vie ces temps derniers. Je suis chez Anneliese et Rossignol en Autriche ! Et je suis heureuse comme un oiseau sur la branche et joyeuse comme un papillon dans le ciel.

D'abord, mes parents ont refusé que je parte. Et puis, ils ont changé d'avis.

Ici, c'est le paradis. La montagne est très belle et, par la fenêtre de ma chambre, je vois un lac bleu.

Je vais à l'école du lundi au vendredi de 8 h à 14 h et après, toutes les après-midi, quand j'ai fini mes devoirs (il y en a des tonnes !), je monte à cheval ou je regarde Anneliese et Rossignol travailler.

Ils viennent de remporter une compétition très importante.

Djenebou et mes parents me manquent, bien sûr. Les premiers soirs, j'avais la gorge serrée de ne pas être avec eux. Mais on se téléphone tous les jours et on se verra aux prochaines vacances.

Cet hiver, quand il y aura de la neige, Anneliese m'a dit qu'elle m'apprendrait à skier. Je n'ai jamais vu les montagnes enneigées. J'ai hâte !

Anneliese vous invite tous à venir passer deux semaines l'été prochain. Dites oui ! On fera de grandes promenades dans la montagne, on se baignera dans le lac, on fera du cheval aussi et qui sait… Peut-être qu'on trouvera une enquête à mener ?

Anneliese et Rossignol me chargent de vous embrasser.

Et moi aussi je vous embrasse. Très, très fort !

Aya